六号线建成的日子预计还有一年，但似乎提前建成了，在他们的生活里。反正他们可以用"六号线修好之后就好了"这句话来让相处变得容易——他已经这么干很久了。只是这天没奏效，莉莉不似往常接着说起六号线或南锣鼓巷的甜品，她停住脚步，说："你明明不喜欢我这样穿，是不是？"

"我……没有。"他停下来，开始打量她这就有穿她过于明显的挑衅。如果他承认自己是不喜欢，那么她会接着抱怨他"这也不喜欢那也不喜欢"，是一副"被所有人都误解了"的苦相。

六号线

周李立 著

河北出版传媒集团
河北教育出版社

年轮典存丛书

编者荐言

中国当代文学已走过七十多年，每一次文学浪潮的奔腾翻涌，都有彪炳文学史的作家留下优秀作品。

回首20世纪七八十年代，改革开放开启了中国当代文学持续至今的繁盛，由于几百家文学刊物的存在，中短篇小说曾是浩荡文学洪流中的浪尖。然而，以1993年“陕军东征”为分水岭，长篇小说创作成为中国文坛中独立潮头的存在，衡量一个作家的创作成就及一个时期的文学成果，往往要看长篇小说的收获。中短篇小说的创作和读者关注度减弱，似乎文学作品非鸿篇巨制不足以铭记大时代车轮驶过的隆隆巨响。

进入21世纪，特别是党的十八大以来的新时代，我们乘着光纤体验世界的光速变迁，网络文学全面崛起，读图时代、视频时代甚至元宇宙时代的更迭，令人应接不暇，文学创作无论是体裁还是题材都呈现出一种扇面散播效应，中短篇小说创作也再度呈扇面式生长，精彩纷呈。

为此，我们特编辑了这套“年轮典存丛书”，以点带面地梳理生于不同年代的当代优秀作家的中短篇小说精品，呈现不同代际作家年轮般的生长样态。

我们不无感佩地看到，生于1940年前后的文学前辈，青年时已是文坛旗手，在当下依然保持着丰沛的创作力，他们笔耕不辍，使当代文学大树的根扎得更深。

“50后”一代作家已走过一个甲子，笔力越发苍劲。他们不断返回一代人的成长现场，返回村镇故乡、市井街巷；上承“40后”的宏大命运主题，下接烟火漫卷的无边地气；既广受外国文学的影响，又保有中国古典文学的高蹈气质。

在“60后”这一中坚力量的年轮线上，我们能看到在城乡裂变、传统向现代过渡的进程中，一代人的身份确认、自我实现，以及精神成长的喜悦和焦虑。

“70后”作家因人生经验与改革开放四十年紧密相连而被称为“幸运的一代”和“夹缝中壮大的一代”，也是倍受前辈作家的成就影响而焦虑的一代。如今已与前辈并立潮头，表现不俗。

而作为“网生一代”的“80后”和“90后”，他们的写作得到更多赞誉的同时，也承受了更多挑剔和质疑。但经过岁月淘洗，我们欣喜地看到，曾经的文学小将已在文坛扎扎实实立稳脚跟，相继以立身之作进入而立和不惑之年。

六代作家七十年，接力写下人世间。宏阔进程中的21世纪中国当代文学，正在形成新的文学山峰的山脊线。短经典历久弥新，存文脉山高水长。

目　录

CONTENTS

六 号 线

一

早晨他到办公室茶水间的时候，里面已经有不少人了，大家都穿着白衬衣黑裤子，端着杯子靠着墙，偶尔往杯沿小心翼翼地吹气，仿佛茶水怎么也吹不凉。吹凉了他也舍不得喝，心想茶杯空了，他就得回到一米长的工位上——是他整个早晨奔忙的目的地。当工位真的近在咫尺时，他恨不得离之千里。

他旁边站着一位长三角眼的同事，这时说起地铁六号线："六号线如果修好了，潞城那边房价该起来了，你觉得怎么样？我也想去你家那边买套房。"

他住在北京东六环外的潞城，一个琵琶形状的小区。

他低头看杯中茶包，暗红水影动荡，日光灯影浮在水面上，起伏摇晃，仿佛小区内挤挤挨挨的楼群，其上零星洞开几扇橘黄色的窗。其余大部分窗户，都黑幽幽宛如牙齿脱落的口腔。六环外的边城，入住率始终不高。

他不愿看着“三角眼”说话——在他家乡，这种眼形意味着招惹是非。他盯着一个虚无的方向，答：“那真不错，我们可以同路上下班了。”

“三角眼”随即摆手，辅以微妙笑意：“我不去那边住，想去那边买房，主要是想把父母从老家接过来住，我在城里有房。”

他不会因为这低调的炫耀而尴尬，他又不是第一天进入职场，他早就懂得什么时候得让语气满是艳羡：“那真不错，那真不错。”

不同地段的房子造就他们的天壤之别，他知道，在北京你住在哪里，跟你的身份证件同样重要，同样说明问题。

茶水间的谈话进入死路，彼此相顾无言片刻。他捧着空茶杯回到工位。坐下之前，他习惯性瞥了一眼右前方，见大办公室角落那间小玻璃房内，女经理满脸堆笑地在讲电话。从女经理斜倚办公桌的黑色套装裙的角度，他猜测这个电话还将持续几分钟。他还有时间打开网页，幸运的话，他会得知他的小区房价已经弹射式上涨。

自地铁六号线开始修建，这是他每天难得的乐趣。因为他和很多人一样，坚信六号线将改变很多事，而一切改变都从房价开始。

五年前，他在六环外看房。售楼小姐领他上到临时售楼处二楼楼顶，胳臂笔直地指向东方。他顺着胳臂看去，见几个均匀的方形大坑并排——他准备买的房子正在挖地基——形似天神的巨大墓穴。大坑之上尘土飞扬，天地混沌，一片不毛之地。

售楼小姐用呢喃耳语跟他描述，像巫婆念出的诡秘咒语。他不幸中咒，一门心思相信这块不毛之地会疯狂成长，直到长出一条地铁线。小区开发商的卖点也在此：一条据说正在规划中的地铁线。

六号线仿佛一条笔直的藤蔓，在售楼大厅的沙盘上绷成直线，一头是房子，一头是他。他被六号线牵拽着进入沙盘上的美好家园。他让自己相信其中一个巨墓般的方坑会像拔节的竹笋见风成长，长到二十八层时，他的房子便粗具形貌。售楼小姐说："那一天指日可待。"他还让自己相信几年后地铁潞城站将与小区大门比邻，这也是售楼小姐用神秘语气透露的"官方规划，暂未公开"。到那时，还是售楼小姐的说辞——六号线地铁就是“小区专属的时空隧道”。那么北京城内任何地点，都可在一念之间直接到达。

同事的询问赋予他信心，因为刚刚过去的周末里，房价的强心剂已被悄悄注入，宛如春药的奇迹眨眼间便会发生。

不过如同这半年每个工作日那样，显示屏上的房价曲线只有些微上扬。

他关上网页，让 Excel 的绿色表格在屏幕上铺满。数不清的细方格，形似一间又一间规整的房屋。他用鼠标选中相邻几格，是选中一套三室两厅；他又选中更大的区域，这是四室三厅……半小时后，他的工作进度仍未有推进，他知道自己所须做的全部不过是频繁移动鼠标并迅速点击——他基本就靠食指这个动作赚工资。这间办公室的职员对工作的信念坚定而统一：点击鼠标是全部工作，也是工作的全部意义。

更何况，在他无意识选中几个 Excel 表格的同时，意念中已经完成了数次房产置换。也不全是妄想，他知道大房子就该这样一步步来换——卖掉小房子，给大房子付首付。

这样一想，他会庆幸当初买了现在的房，虽然买下后两年才交房，虽然交房时他只有一点儿余钱做简单装修，但他也开始了东六环外身为房主而不是房客的生活。毕竟之后发生的事常让他感到劫后余生。

每天早晨，他站在二十八层的窗前，视野可见零星几栋高层住宅，空阔得像站在世界之巅。六环路的高架桥此时看来，就像小蝴蝶结，道路顺势打上一个圈再打上一个圈，把半空中的人家都包裹其间。视野开阔时他常想起战争电影里睥睨天下的首领。

大部分时候，他其实也看不见那些“蝴蝶结”，北京的雾霾中他登高也不能望远。他能看见离小区最近的那座高架桥，任性盘绕成不规则的椭圆，形似琵琶，如果他能将延伸的高速公路想象成琵琶的长柄，小区的五座高楼正好位于琵琶弦上，正是五根细长手指错落着在拨弄音弦。

看久了，也会觉得脚底不踏实，高楼摇摇欲坠。他没有恐高症，只时常幻听，偶尔也疑心听见琵琶声，嘈嘈切切。他屏气凝神，关窗退后，琵琶声就消退了。耳边清爽无物，才发现原来不是幻听。

也许是六环路上的车流声，呼啦呼啦，轮胎由远而近，形成节奏，声响浮上二十八层，变轻了，也变清了，被他比拟成莫须有的琵琶，被不知章法的弹奏者拨动。偶尔也有别的声音，比如哪户邻居也许格外钟爱忧伤的乐曲、大提琴或弦乐四重奏，在周末下午时断时续地传来，轻淡、悠扬得近乎超现实。

离他们最近的六环路入口有几公里的距离，从高处看来也并非遥不可及。他只是听说，但从没找到那个名为寿宁桥的公路入口——这名字听上去真像墓地。

二

每天下班后，他和女朋友莉莉从不同地方乘地铁回家，在八通线土桥站会合。他通常先到，莉莉晚二十分钟，之后两人再换乘公交车。在土桥站附近他们顺便解决晚饭，时常光顾沙县小吃和兰州拉面。沙县小吃菜单特别长，面线米饭有不同浇头，排列组合成几十种花样，够不重样地吃一个月。

莉莉一年多前就开始说："六号线修好之后就好了，从我们这里到南锣鼓巷，可以直达了，我猜，只需要半个小时，也许都用不了，二十分钟足够了，只有十几站呢！"

自从六号线开土动工，每当他们从公交车站走回家，她几乎都会这么说一次。据说六号线将设置二十多个站点，但她似乎只关注南锣鼓巷。他认为这是一种不好的预示，于是会把胳臂下她的手夹得更紧些，像夹着块冰冷的骨头。他总会想起那些艰苦行军的战友。他规划路线，他保持节奏，他领着莉莉绕过电线杆与垃圾桶，像游戏中的勇士轻巧避开敌军堡垒，然而他的战友莉莉，与他并不配合。她一意孤行，拖拉在他身后，让两只胳臂扯得笔直。

她还真是对南锣鼓巷念念不忘，他想。

他们现在如果去南锣鼓巷需换三次公交车，花三个多小时。去南锣鼓巷打车也可以，就是贵。两人日常出行靠公交加地铁，一年平均打一次车。小区最近的地铁站是八通线土桥站，距离小区三四公里，公交车平均半小时到，视时段定，早晚高峰最久五十分钟一趟，如果遇上时长八分钟的红灯，合计一小时一趟。

他知道莉莉是去过南锣鼓巷的，那是在他们认识并相爱以前。

那是她刚大学毕业的时候，她住二环内，租的房子，和几个女同事一起。她们把那套建于 20 世纪 50 年代的小三居几乎都给弄成了粉红色。Hello Kitty 的大脸会突然出现在房间任何地方。他把他们认识之前的那段时期都命名为“莉莉的 Hello Kitty 时期”，就像毕加索的“蓝色时期”“粉红时期”一样。在“Hello Kitty 时期”，莉莉卧室墙上贴满有闪光水钻的廉价装饰画，他看过那房间的照片。女孩们年轻时梦想有自己的梦幻小屋。几个女孩就比拼着，暗中较劲，比谁的梦幻小屋更梦幻。那时候莉莉去南锣鼓巷很方便，但她说其实也只去过两次。

第一次是和同屋的女孩们一起，她们从南锣鼓巷的一头走到另一头，每个女孩手里都有杯十块钱的奶茶，喝到最后，奶茶甜得发腻，像喉咙被什么东西粘住。

那次的回忆不算好，很长时间都没人再提议去南锣鼓巷，尽管这条北京城中腹地后海附近的古巷，眼看着越来越红火，连她们各自老家的亲戚都会这么问："南锣鼓巷，看起来多好玩儿啊，你去过没有？""什么？不好玩儿？我才不信呢，电视上都演了，好多老外的。""南锣鼓巷，听说中戏就在那里，美女特别多的。"……

莉莉第二次去南锣鼓巷是别人带去的——一个男人。男人有一辆黑色轿车。因为在附近找不到停车场，他开车把莉莉带到很远的胡同，正值黄昏，他们从停车地走去南锣鼓巷，男人说他对这一带很熟悉，经常这么走。走到天色全黑，她远远听见商铺的促销音乐，节奏快极了，又过了会儿，才看见南锣鼓巷巷口攒动的人影。

后来莉莉发现，根本不是找不到停车场，他是为了不交停车费。

他没有汽车，从不为停车费操心。他问莉莉："那人买得起车还交不起停车费吗？”

“那不一样。他舍得买东西，因为花了钱手上就有个具体的东西，很踏实。但停车费不一样，他认为完全是浪费，没必要。”莉莉说。

莉莉了解那个男人。她对那个男人来说是一个具体的东西吗？值得花费吗？应该是的。他知道那个男人让她搬出了“Hello Kitty 时期”的老房子，住进了四环边的大开间公寓。

那个男人出现得比自己早太多，他不能因为这种“早太多”对她有所指责，他连懊恼都不行。怪谁呢？他想：还不是怪自己？谁让你没有早几年认识她？

莉莉认识他的时候，他已经买了现在的房子，花光了全家存款付首付，但是这是他唯一赚钱的一次投资。所以他值得心安，房子与莉莉都让他心安。他应该也同样让莉莉心安，因为她从不会忘掉他的生日。每到那天，她都会带回一件不值钱的装饰物送给他做礼物。也只有她才会在精品店买毫无用处的小商品，并当作宝贝。这是他喜欢她的地方，他认为，简单的女孩更容易把握，并假装忽略她不堪的陈年情事。

莉莉给他看过她以前的照片，他们认识前，她很苗条，脸只有现在一半大。“不开心，老吃甜的东西，然后……”

她把胳臂抬起来，在半空比画出一个很大的圆，“然后就成这样了，唉。”

“怎么不开心了？”他问。他也有过不开心的时候，比如股票下跌，他宿醉醒来，想死了算了，但他没发胖，他越难过就越吃不下饭，现在他比大学毕业时轻十二斤。

她说不提也罢，都是过去的事了。

女孩这么说的事，一定是不能被轻描淡写的感情。在他之前，她谈过一次恋爱——跟那个不愿交停车费还开车带她去过南锣鼓巷的男人。他大胆猜测她在那段感情中遭受重创，那时她二十二三岁，他知道二十二三岁是活该遭受挫败的年龄。

莉莉如今二十六岁，开始承受年龄的压力。因为她又开始吃甜食，她说过不开心时就想吃甜的。

“等六号线修好了，去南锣鼓巷，去买文宇奶酪，还有鲍师傅糕点，就方便了。”莉莉早晨嘴里含着牙刷，说得不清不楚。他只想知道她为什么不开心。她以为他没发现她藏在衣柜里的德芙巧克力，还有沙发缝隙里的蛋糕屑吗？

何况早晨的时间对他们来说其实很紧迫。五点半开始，莉莉的手机每十分钟播放一次《致爱丽丝》，三次之后，两人起床。莉莉洗头发，头发滴着水站那儿刷牙。这时他仍在梦中，不戴眼镜看她，会觉得她比平时丑一些，脸大又圆，眼睛是两个黑点。她是个粗壮的姑娘，但很匀称，虽然近来胖了些，显得更健壮。她能把大桶纯净水直接放上饮水机。

她穿上看不出花色的长筒裙和紧身金色毛衣，两肩到袖口缀满长长的流苏。她嘟囔着“你快去换衣服”，着急的样子让他想起动画片里的彩色猫头鹰。她确实性子急，等不及他慢吞吞地带她进入更好的生活，她说不定已经自己着手了。她从前就这么干过，在想离开“Hello Kitty 时期”的出租房的时候。那次她成功了，直到大开间公寓的密码锁有一天无法打开。她被应声而来的物业告知，密码已被业主更改，业主是一名穿开司米毛衫的女性。

是那个男人的老婆，莉莉很确定，只是长筒裙和紧身毛衣要花去她太多注意力，她只能小心翼翼地举举拳头，免得流苏缠绕上什么东西。

他从没见她穿过这些，她近来的衣服他都没见过。大概是“Hello Kitty 时期”的遗物。她有好些那时的遗物，并不全是廉价品，其实有些还相当不错，比如羊绒围巾和真皮高跟鞋，都是烟灰色，在衣柜内放在一处，宛如一副老成又昂贵的表情——他总感觉这副表情也将出现在十年后莉莉的脸上。但这些珍藏不适合她，就像她交往的那个不愿交停车费的已婚男人不适合她一样，虽然那个男人送了她不少好东西，可能也包括这一身衣裙。

走去公交车站的路上，莉莉问：“你怎么不说话？”

“嗯？”他有点儿生气，但还不至于让她看出来。这是个好日子，北京刚刚开始飘飞春天的杨絮，风也和暖，如果不用为了应付她拼命找话题的话。

“我看你有点儿不对劲的样子，可能也不是今天，”她说，“是最近。”她看起来很不乐意，也许是因为她始终没能让流苏顺服，一根流苏被风吹起，飞进他嘴里。

“呸，”他甩头弄掉让他痒得不行的杨絮和流苏，都是跟她一样轻飘飘让人捉摸不定的东西，说，“没事，你想多了。我就是在想，等六号线修好就好了。”

六号线建成的日子预计还有一年，但似乎已经建成了，在他们的生活里。反正他可以用“六号线修好之后就好了”这句话来让相处变得容易——他已经这么干很久了。只是这天没奏效，莉莉不似往常接着说起六号线或南锣鼓巷的甜品，她停住脚步，说：“你明明不喜欢我这样穿，是不是？”

“我……没有。”他也停下来，开始打量她，立即看穿她过于明显的挑衅。如果他承认自己是不喜欢，那么她会接着抱怨他“这也不喜欢那也不喜欢”，是一副被所有人都得罪了的苦相。他提醒自己不要上她的当。也许她酝酿已久的计划已经上了膛，只等他来扣动扳机。

“别以为我看不出来，你就是不喜欢我这么穿，哪怕你什么都不说，你小眼睛一眨我就知道了。”

他干脆不说话。他想到她昨天拎回来四个花花绿绿的纸袋，被她飞快塞进衣柜深处。她足够天真，把衣柜当作密室，将她“Hello Kitty 时期”的过去，还有与他无关的未来，统统关在里面。

他昨夜没找到机会翻检她的衣柜，今天早晨也没有——有一段日子了，她的衣柜从不让他失望。他上班时像斤斤计较的主妇在网上搜索她新添置的衣服鞋包，每当网页弹出令他困惑不已的高价位的时候，他都希望同样的心情是因为看见房价高企，而不是因为发现她为华而不实的身外之物又支出了多少。

三

小区大门左侧那家店铺历时两个月的装修，这几天终于撤下墨绿色的防护网。店面装潢风格仍是墨绿色的，是新开张的链家地产的门店。这让他感到短暂振奋，虽然和莉莉经过这里时，他目不斜视。他不愿意让莉莉知道，他琢磨换房子这件事已经很久了。这种隐瞒有什么必要他没想清楚，可能只是赌气，可能他也想有自己的秘密。

莉莉对自己显然有很多美好设想，她说过几次，最大的梦想是住整面墙都是落地玻璃的高层酒店套间，有二十四小时专属管家时刻待命——他猜她要不就是看多了电视剧，要不就是仍怀念四环边的那套大开间公寓。而且明明他的房子也位居高层，只不过在四壁白墙的一室一厅和一间从不做饭的小厨房内，没几样像样家具，都像临时用品。

他在小城市一条传统老街上由两位本分的男女抚育长大。从小出门就是石板路，左邻右舍分别经营食品杂货和熟食甜品，“而且全都认识我，知道我最喜欢的口味”。他这样告诉莉莉，以为她会对传统甜品心生羡慕。但她随即说到梦想中的“落地玻璃窗”与“不锈钢打造的整体厨房”。他从那时起开始怀疑，这其实都是她的小伎俩，她用他们对生活的迥异理解来让他知难而退，不再对她有奢望。

他目力余光依然钻进中介店面，瞥见两扇玻璃门内，几身“黑西服”正围着居中的简易办公桌分食廉价外卖——六环外，外卖稀少，口味恶劣。

房产中介的入驻是信号，证明他每天关注的房价曲线将有欣喜的走势，就像他此刻不经意改变的眼神的方向，很是昂扬。

上楼的时候，电梯在二十七层停了一次，反应迟钝的电梯门外并没有人在等待乘坐，只有电梯间的声控灯闪一下又灭掉，如照相机迅速曝出刹那闪光，在他眼底留下些凌乱的光斑。

莉莉按住关门键，在电梯门闭合的机械声中，他听见了音乐，跟眼底光斑不同，这乐声不是幻觉，他确信，尽管只是一瞬。

他问莉莉："你听见了吗？"问完才发现莉莉一直戴着耳机，难怪他们一路无话。

到二十八层，走出电梯的同时，莉莉摘下耳机："你刚说什么？"

"没什么，没说什么。"他保持微笑。

和小区内很多房子一样，人们买下来，只是为了等待六号线修成，房价上涨，再卖出。二十七层没有住户，他知道。有一阵莉莉为了减肥，每天晚上在客厅跳绳，要跳满一千下，她不在意合成木地板和桌椅都在她的跳跃中颤动。他一度担心二十七层住户上门抗议，毕竟如果有人在二十九层跳绳，他一定无法忍受。然而，二十七层没有任何生物被惊扰，他没有等来抗议的拳头。

于是他观察过一段时间二十七层的窗。他从未见灯光在从地面看去只有火柴盒大小的窗口点亮过。他也不再担心女朋友在家跳绳的动静会引发复杂的邻里纠纷。不过莉莉的晚间跳绳计划很快中断，因为几天后她并未感受到显见的减肥成果。她想走捷径——不吃晚餐。他犹豫再三终究没提她偷偷储藏的巧克力与小蛋糕。他们在土城路地铁站附近的晚餐约会因此被她取消。“要避免盯着你进食被激发出不必要的食欲。”莉莉说，她还提议他们应该分别坐公交车回家。他认为她说得有道理，只是“是不是还有别的办法”，他提出更好的方案——他到土桥站之后先吃饭，并尽力在莉莉到达之前结束进餐。莉莉斟酌之后也认可他的方案，确实对双方而言都更完美。只是实行几日后，莉莉率先放弃，因为食欲仍然蓬勃不可遏制。两人之中，她总是先放弃的一个。

“你在听什么？”走进家门的时候，他又问莉莉。

“没什么，没听什么。”莉莉弯腰，蹲下换鞋，挡在狭窄的门厅处，如一只巨大的爬行动物堵住他的去路。

灯没开，黑暗中他进退两难。他看着客厅两扇推拉窗，没装窗帘，深灰色夜空似乎近在眼前。这时他又听见那声音。

莉莉迟迟没起身，他倚到门边电表箱上。金属箱体让他耳郭冰凉，但不妨碍他听见更冰凉的乐曲，朦胧又断续，犹如天外飘荡的星辰，不过比电梯中听得清晰。电表箱背后是通风管道，也许声音在其中还能震荡扩张。他觉得这旋律很熟悉，只是暂时想不出是哪首乐曲。

他斜靠电表箱的样子一定让莉莉误解了。她起身回头，说：“你看上去很累，我早上就说了，你最近不对劲。”

他也蹲下换鞋，慢条斯理解鞋带，其实旧皮鞋早就松脱，走路偶尔还会自行掉下。这无关紧要的动作能让他暂且不必回应莉莉，为此他还毫无必要地用手拂拭鞋面，直到鞋面一尘不染。

他猜测乐曲来自楼下，二十七层，最多二十六层。也许楼下住户经常不在家，偶尔回来，有听着音乐清扫房间的习惯。也许是位跟他同样谨慎的邻居，懂得让音量大小不扰四邻。

他对莉莉承认，确实有些累。不过他的累和莉莉说的累，根本是两回事。

莉莉忽然笑一声。

他坦称被她说中，她大概倍觉得意。

“我才累呢，”莉莉说，这倒在他意料外，“每天四个小时在路上，我在想……”

他生怕她说出后面的话，下意识脱口而出：“在想，等六号线修好之后，就好了。”

莉莉已经躺上布面双人沙发，像一只大熊猫挤上小船让小船摇晃。她闭上眼睛，慢慢摇头，说：“不是，我在想，要不我该去公司那边住，在海淀区找个房子，合租的单间，这样我至少每天省下四个小时，一天只有六个四小时，我相当于少了六分之一寿命……”

莉莉在海淀区一家新创业的互联网公司做小白领，日常工作基本依赖微信群。工作群里时常出现的早安问候语是：“懒人们，这破公司怕是下午就倒闭了吧。”连创始人都这么说，仿佛他们很期待倒闭。这是创始人创立的第四家公司，对公司倒闭的事可能习以为常。可惜很多个下午过去，公司依然健在，近期又意外收获一笔数额尴尬的投资——不足以起死回生，但又只能勉强支撑几个月。据说“80后”的公司创始人在投资人面前极力宣扬这样的理念：公司始终怀抱对人类进步的责任，而不是赚钱。不想赚钱的声明，俘获到了只想赚钱的投资人的芳心。“在创业领域你就得这样口是心非，不能干司马昭之心路人皆知的傻事，那只会竹篮打水一场空。”莉莉做出解释，她觉得很多事都是如此。

所以在他看来，莉莉的工作朝不保夕，她完全没必要为此大动干戈搬家。或许她是为了向他做出什么暗示，以免她迟早甩手离去的时候他承受不起。

“我们再想想，还有些现实问题，你要单租房子吗？……”他此时的表现，得益于工作几年耳濡目染的办公室政治，比如遇事不乱，至少看起来是这样。他刚刚就差点儿脱口而出那个计划：只要房价涨上去，他能以期待的价格卖掉眼下的小房子，他就能在靠近市区的地段买一套新房，或者在别的什么地段买一套两居室。无论怎样，都能让他——或者还有莉莉，如果那时她还在——离开这里。

“我还没想好，没准儿你说得对，我再想想，我只是觉得累……”莉莉呢喃着。不久之后他发现她不知道什么时候已经睡着了。

他来到窗前，外面的世界像科幻电影里外星人即将入侵的瞬间，显出不寻常的宁静，因为要提醒观众灾祸正在降临。

他开窗，抽了一支烟。高层住宅的窗户只能打开一道狭窄缝隙，很像女人们欲迎还拒的姿态。他看见楼下小小一团绿色灯火，知道是链家地产店面。他想如果要避开莉莉与房产中介联系，最好趁现在下楼去找他们，给他们留一个电话。

他也是这么干的。关门的同时，他有一些破釜沉舟的感觉，他想那就这样开始吧。

他刻意让电梯在二十七层停了一次，为确认乐曲出自二十七层——自家楼下，为此他摁住电梯开门键，以便凝神细听。他听见管道中空气咕咕作响，女人瓮声瓮气地说话，以及“砰砰啪啪”像石子落在桌面的声音，不过他很快明白那其实是麻将牌被狠狠砸上牌桌……

他还想停留片刻，多听一阵这些细微的不易察觉的人间的声音。但他也知道自己不能耽误太久，他不想莉莉醒来然后发现他独自下楼，而出门时间是晚上十点。不过，他也没那么确信，莉莉就一定会介意他在深夜偷偷出门的举动。

小区内的道路上空无一人。他仰头寻找二十七层的窗，看见昏黄的灯光。窗帘紧闭，其上依稀像是摇曳着烛火，淡淡的皮影戏于扑克牌大小的窗帘上往复晃动。他看见自家没有窗帘的窗户有同样昏暗的灯光溢出。

手机的手电筒功能帮助他走出小区，在链家地产的玻璃门外他做出敲门的手势，但没让指关节真的碰上玻璃。

门内两位年轻人昏昏欲睡，一脸困惑地迎接他夜半来访。他打定主意不久留，得开门见山说明来意。

他作为房源意向被电脑和网络记录。“你们觉得什么时候卖掉最合适？就是价格会比较好。”他问。

对方刚刚记下他的联系方式，正在电脑上搜索户型图，操作很不熟练。其中一位年轻人埋首时，稀疏的头发在白炽灯下泛着油腻的光。

另一位年轻人回答他：“什么时候都合适。”

也许他们刚刚在房产中介之路上起步，他想，并且开始为自己的冲动行为后悔，担心这会让他们以为他着急抛售，然后压价。

不，他不着急，他只是不想让莉莉知道。

但如果莉莉真的离开他，那他为什么换房呢？他更应该待价而沽不是吗？他困扰于这件事，有一段时间了，不过他困在这个小区，也有一段时间了。似乎也不仅仅是价格问题，他只是太想离开这里。

“不早了，我白天没时间来，有消息你们电话通知我。”他没等埋首于屏幕前的年轻人抬头，就直接说道。说完他感到这话听来其实不太体面。

两位年轻人立刻同时站起，半张着的唇形跟他刚才在这里现身时一样。他们以充满职业感的殷勤目光护送他走出仿佛并不存在的崭新玻璃门。

回家的一路他走得很慢，也没打开手机手电筒，也许他已经适应了郊区的夜色，不过仓促间在小区的绿化带他有片刻迷失，那瞬间他感到这段路其实是对他生活的模拟，往前一步暗沉沉，往后一步也是。

他在绿化带间的曲折小径徘徊着，像神经错乱的病人一度进退两难。他仰头，以脖颈为中心转动视线，这样看去楼群就更高了，三百六十度将他环绕。他想精神病院也该这样设计，有高耸的院墙和深陷高墙的病患。

眼前连绵的万年青上垂挂着暗黄色纸片，随夜风摇摆，像很多小手掌在召唤着他。他走近前去，突然看清，原来是绿叶上披挂着十多枚粗糙的纸钱。他感到惊讶。随即后退几步，转身就跑。

当晚他在卧室的铁架床上独自失眠。

莉莉睡在沙发，保持着白天的妆容。他关灯前细看过她的五官，都是那种狭窄修长的。眉毛修剪过度，嘴唇也细长，睡梦中两唇抿成一条直线——在他的家乡，这种眉唇都被看作不忠诚的面相。他照例去查看了衣柜，没发现她有新增收藏。莉莉熟睡的样子比白天更令他怜惜，他想如果她就此沉睡不起，那倒是一个童话结局。

四

第二天早晨，他和莉莉一起乘地铁上班，他还不知道这就是最后一次了。他让莉莉扶好地铁车厢内的拉环。她的手一直插在他的西服口袋里，不时把他的西服口袋拽出老远。莉莉个子不高，要伸直胳臂才能握住拉环，因此她很讨厌扯着体操吊环一样的“圈圈”，她管那些东西叫“圈圈”。

他上班在北京东三环，莉莉在海淀区，这意味着他比莉莉提前十多站下车。他在站台目送列车笨重启动，忽然看见车厢内莉莉的胳臂从“圈圈”上放下来了。因为一直伸直胳臂是多么费力！她一定是这样想的，她喜欢冒险但省力的东西。她低头专注地盯着手心，列车突然加速地一刹，他看见她手心有一团明亮的圆形的光。

他走上地铁扶梯时恍然大悟，那圆形亮光出自一面小圆镜，她提包里总有一块那样的小圆镜。他开始想：她照镜子是因为她很快就会与某人见面，而她不愿让对方见到她漫长地铁旅行后的凌乱碎发。也许就在之后某一站，她提前下车，而对方就等在车站内某张不锈钢长椅上。她出现时的容貌经过了自我审核，小圆镜中纹丝不乱的刘海与睫毛会让她显得振奋，两眼潮红，就像很久以前他和莉莉刚约会时那样。他还想：她们这种姑娘都这么干，骑驴找马，在微信里将有所指望的潜在男友加以特别标注。

链家地产的年轻人比他预料中要勤勉负责，他到办公室没多久就接到电话，当时他还没顾上打开每天更新房价曲线的网页。他不确定打来电话的是不是头发稀疏油腻的那位，听声音有点儿像。他告知对方一些基本信息，还有特殊要求，主要是“考虑六号线不久就会通车的因素，希望价格有相应的上浮”。

“肯定包您满意，我们会卖个好价格。”对方说。

接电话的过程中，他都时刻留意着玻璃隔间内的女经理，以免被她发现他工作时间接打私人电话落下口实。这天，她身穿紧身的天蓝色套裙，让她看起来像一只没有生命的玩偶，纹丝不动。不知道她会住在哪里，他想。不过他顾不上三角眼同事的眼光了，他知道“三角眼”已经盯着他看了很长时间了。

“那是当然，您没发现大半年来我们这个小区的房价已经涨上去了吗？我们给您的报价已经高于平均价了，只要您不介意多等等，不是吗？好饭不怕晚……”电话那边说。

他犹豫时看见电脑屏幕闪动，从不在工作时间与他联系的莉莉在QQ上发来闪屏震动。“昨天大半夜你下楼做什么去了！”感叹号是巨大的表情图案，大红色，像交通标志的危险警告，触目惊心。

他把手机夹上肩胛骨，打字回复莉莉：“什么也没干。”

莉莉迟迟没有回音，任他十指都悬停在键盘上方等待，仿佛在弹奏某种乐器。刹那间，昨晚的琵琶曲犹在耳边，只是被中介的声音打断：“您看能接受这个报价吗？”对方给出的数字比他最好的设想要稍微少一些，因为他忽略了二手房成交的税金。

“不要等！”他压低声音说，“他为什么要等莉莉回复？所以，马上就卖。”

同时他在键盘上飞快打下一行字，发送给莉莉：“你为什么要搬家？不要以为我什么都不知道！”

莉莉竟也飞速发来信息：“不要以为我什么都不知道！”

他想：她肯定是直接复制粘贴的，她做什么事都想着要省力。

他决定不再回复她。下午她又发来信息，让他今天不要在土桥地铁站等她了。他看过之后关上对话窗口，继续在网上看楼盘的户型图。每张户型图都小巧可爱，家具一应俱全，仿佛真有小人国的居民甜蜜生活其间。这件事做起来令他兴致勃勃。

临近下班时，莉莉的信息说：“同事聚会，推托不掉。”于是他点开了莉莉公司附近的小区售楼广告，想到也许可以把新房钥匙甩在莉莉面前，恶狠狠地说：“你不是就想住得近一点儿吗？”

土桥站那家沙县小吃菜单上的几十种花样，他全都吃过了。这天傍晚，他仰头盯着看贴在墙上的菜单，看了很久，他觉得菜单也会欺负人，为什么让他再也没有新的选择？不过，他凭什么只能吃沙县小吃呢？他凭什么要回复她的信息呢？没有事情是非做不可的。她可以跟同事聚会，他同样应该找人喝酒，反正他很快就有一大笔卖房款项进账，他其实不需要过得太节俭。

他这一天才发现，在六环外，想找人喝酒是一个多么不合时宜的念头。他路过了几家郊区小餐馆，生意看起来也火爆，郊区居民挤满店堂，有顾客坐在店外，围绕着花花绿绿的塑料桌。这里大部分男人都会在酒酣耳热后赤膊光肚，大部分女人都会挑剔凉拌菜里的生菜其实只要两块钱一斤为什么不多放几片。他不能穿着白衬衣笔挺着一个人走进去要酒喝，那就像个真正的失败者了。

进城的话，他也许还能找到几个大学同学，有几年没联系，但他相信他们还是会随叫随到。但他并不想再去坐一遍地铁进城了。万一喝完酒之后地铁公交停运，他还得花大笔钱打车回来。

他想着这些在小区门口徘徊，看见链家地产店面的玻璃门已经关闭，几位年轻中介在内狼吞虎咽地吃着手中的盒饭。他加快脚步躲开他们的视线，去到小区门口的小卖部买了一瓶一斤装牛栏山。

他没想过把整瓶都喝完，买一斤装是因为算下来比小瓶合算。他更没想过莉莉会整夜不归，这让他更有理由在宿醉之后的清晨万念俱灰。他醒来第一眼就看见，酒剩下大半瓶，透明的玻璃酒瓶在白天看上去格外廉价。

中介打电话说一小时后会有客户上门看房时，他仍躺在沙发上，感到恶心。他已经打过几次莉莉的电话，得到的是拨打的电话已关机的回音。他想发短信，但手机打字输入也变得困难，字母在眼前跳动，在备选框内他怎么也找不到想要输入的那个汉字。他握着手机，放弃打字发信息的念头，直到电话铃声响起，他都沉沦在挥之不去的沮丧里。

“如果您觉得不合适，我们再安排时间，不过我们想的是，时间就是金钱嘛，万一是个不错的买主呢……”中介在电话中说。

没有不合适。他想：唯一不合适的，只是他为什么还待在这套房子里。房子里到处都是莉莉的东西，甚至他看不见的地方也是。衣柜深处都藏着她那些莫名其妙不知道从哪里来的东西，下水管道里还纠缠着她的头发。

“很合适，现在就安排！”他提高嗓音喊着，把五脏六腑都要喊出来。结束通话后他感到筋疲力尽，大概这喊声把他最后的力气也一并耗光了。他躺着静静地看向屋内昨夜滥饮的残局，廉价的酒瓶在桌上显得孤单，而满地花生壳又过于热闹。他似乎从一个漫长的梦里醒来，梦里有莉莉，醒来才发现一切都已变样，连同样的房子也变得格外陌生。

“没装修，环境也差。”来看房的是位中年男人，在一室一厅内走路的样子像是走在国宾馆，中年男人在每间房包括卫生间都看了好几圈，他还用指甲掐推拉窗的铝合金窗框，似乎窗框是一块待检猪肉。他不明白这是不是看房必要的程序。他勉强起身，站在花生壳上，怀疑自己随时都会倒地。

中介在中年男人每句话后面接着说“但是”“不是新房”“但是价位合理”“没有精装修和家具”“但是一张白纸更好从头开始”……

看房的整个过程中，他表现得像一团板结在这间屋子里的陈年糨糊。他头疼得很想把自己的脑袋敲开，看看里面到底有没有合适的说辞，可以让他给自己的房子美言几句。

他们离开的时候他不记得自己是否说过“再见”，或者说“再联络”这种话。他又躺了很久，回顾看房过程中的每个细节，越回顾越觉得中年男人貌似很不满意，不过这只是第一个，往后他会注意的。

他洗了澡，这让他清醒了不少，不过清醒也会让人沮丧，因为他终于想起来，他今天没能赶上打卡，同时也没请假。

其实事情进展比他预想的更顺利。对方表现得很挑剔，中介解释说只不过是讨价还价的常用策略。又说中年男人“看过几套房，还是觉得你的房子不错，是，当时是觉得一般吧，后来我们给他做工作，反正肯定你这套最好，拥有全小区的最高性价比”。

他想这可能意味着他的报价最低。不管怎样，对方全款支付，对价格没有争议，还额外赞许他年轻有为。

莉莉彻夜不归的第二天中午，给他发来信息。她做出一些看上去很合理的解释——“同事聚餐，太晚了，打车两百多块，舍不得，就跟同事一块儿住了，当然是女的。”至于为什么上午手机关机？自然是手机没电、宿醉没醒。

他假装认可她的解释，没追问他为什么没被提前告知。

他决定此后要更频繁地查看她的衣柜，他也是这样做的。但结果出乎意料，衣柜里再也没有添置新的收藏，反而在不断减少。莉莉每天都带着两套衣服去上班，也许晚上又回不来了，她从没把它们带回来。她轻描淡写地收拾要带走的衣服，每晚都把它们放在床上，带着陶醉与不确定的复杂神情，凝视它们搭配在一起的效果。

他沉默着看她做这些，打定主意卖房的事也不必告诉她。他觉得自己根本就等不到告诉她这个喜讯的那天，因为她会提前搬走，在喜悦降临前，一点点从他身边抽离去。

他开始看房，陆续看过几套。他模仿那位挑剔的中年男人，把小手包夹在腋下，进屋时不脱鞋，尽力走出外八字步。那位中年男人的外八字步，让他觉出这野蛮的步态可以传达出一种“老子很爽”的意思。

他确实很爽，因为他喜欢看房的过程。多数都安排在周末。中介的小电瓶车车把上插着墨绿色的三角形旗帜，他坐在后座，头戴中介为他准备的安全头盔。头盔上有链家地产的标志，颜色也是墨绿的，是公司的标志色，中介解释。他对墨绿色的头盔很是不满，第二次中介就给他换了一顶粉红色头盔。

除去头盔的部分，其余他都认为这是一名不错的中介，一直陪着他，殷勤至极。他从未被这样认真对待、仔细照顾过。他的一颦一笑都让中介以为意味深长，中介会据此做出他是满意或不满意的猜测，并因此决定要不要询问他是否需要来瓶水解渴，是否需要慰问他辛劳的看房历程。

不过几次之后，中介也逐渐变了脸色，时常微妙地抿起嘴角，发出不耐烦的喉音，也不再替他系上头盔的纽扣。在他质疑报价的时候，中介会诚恳地替他解释，“主要是没那么多钱”。他从中听出蔑视的情绪。他想中介可能担心他会做一名只看不出手的看房客。

天气逐渐热起来，小电瓶车上的时间显得漫长而难熬，他们就改坐地铁去看房。中介在地铁内一言不发。他理解这也是中介的一种策略。何况他手上的资金确实不足以维持这些年轻人的长久热情。

第一个去看房的周末，他跟莉莉说是去加班，顺便埋怨了一番不近人情的女经理。莉莉似乎对他的话毫不怀疑，甚至有两次，她在他出门前都说辛苦了。他从中听出似曾相识的东西，那是莉莉解释为何彻夜不归时，他应答她谎言的语气。往后的周末他再也不说去加班了，不过莉莉也没有问过他，似乎他周末如果留在家里才是不正常的事情。

他开始想象他出门之后，莉莉会紧随其后赶赴她的约会，从她所剩不多的衣物里勉为其难挑出一套，把自己装扮得像圣诞节的礼物，送到那个人眼前。也许她根本就不需要挑选衣服，那个人为莉莉安排的住房里，已经塞满了昂贵的时装。莉莉值得那个人花钱。莉莉也自有她的方式来回报对方。这样想来，他发现自己是这些事情里面的旁人，操着完全多余的心。他应该专注于自己的生活，以他自己的方式。

五

买房卖房手续的烦琐程度超出他的预期，尽管他在银行工作的一部分就是专业对付各种烦琐的手续。他也许把一生的签字或盖章都在这一个星期内完成了。

“那是顺利的情况，”中介说，“有时候要搞好几个月。”

他的情况也不是那么顺利。中年男人付过两万元定金，因为各种理由全款要过一段时间才能支付，而他还需要一笔贷款，因为是第二次贷款，他得在银行做一些疏通工作，这也不那么容易。

他要买的房子也已经交过定金，再加一部分首付，因为他还没有收到卖房款，他动用了这几年的存款。这其实不太合理，他去找中介质疑。中介掏心掏肺诚恳表示：“这套房子看中的人很多，先交一部分，不要被别人抢走。”他认为这个建议也正常，无异议。他也不想错失这个机会。中介的头发这段时间眼见更加稀疏，这让他觉得自己不好再为难他了。而且中介对他的态度在他签下预购房合同之后又有了新的转变。他熟悉这最新的态度，因为他们银行的柜员每天都会戴上一模一样的公事公办的表情。

他看中的房子在东四环，比他期望中的要小一点儿，但是周边有华堂商场和交通繁忙的地铁线，小区门前甚至有一排日式居酒屋。他跟着莉莉看过几集日剧，如今才意识到自己对居酒屋这种可以一个人名正言顺喝酒的场所有多向往。他怀疑是那几间居酒屋让他对这套房子格外倾心，而不是离他公司步行可达的便捷。

他会为此背负一大笔贷款，既然如此，他得轻描淡写地向中介展示自己的职业优越性。“银行内部员工，也就这点方便，比较顺利。”他的语气听起来是无可奈何的，仿佛“这点方便”令他很不情愿。

中介摸着自己稀疏的头发，以真正无可奈何的语气说：“真是羡慕你，这么年轻就能在东四环买房。”

他已不年轻，因为他老成到足以听出中介落寞的弦外之音。他知道此时最得体的方式是关心眼前年轻人的住房问题。不过不用问，他也能揣摩出个大概。北京有大把比他小十来岁的年轻人，跟眼前的中介一样，错过了房价起飞前的平缓地带，往后就失去了助跑的轨道，再也飞不起来。

中介的回答跟他的预想如出一辙。“住公司给我们合租的宿舍，四人住一间，一套三居室住十来个人，抢厕所全凭厚脸皮，”年轻人笑着说，“这还算好的，至少公司管住。”

“地产行业挣得多。”他带着难得拥有的优越感表示慰问，他刚刚默算出中介从他这两笔交易中可以挣到多少钱。

“是，还行，有交易才有提成，我们公司有的中介半年没做成交易，那就什么也没有。”

他夸赞中介年轻有为，短短两个月时间完成了两笔交易。他也感叹，“生活不易”，不过他此时的感叹是有新房带来的希望做底色的。他本来还想回顾一番自己刚毕业那几年，像过来人那样说一些“年轻人要多吃点儿苦”之类的话。但是中介随即说道：“和同事住一起也有好处的，年轻人好玩儿。”他就没再继续生活不易的话题。

链家地产正要结束当天的营业，年轻人们已经开始预订盒饭。他回了趟家，把剩下的大半瓶牛栏山拿到店里，高举起来，提议：“既然你们都不愿意回宿舍，不如我们喝了它。”他赢得了掌声。

他们把一次性塑料杯碰在一起，每个人都喜气洋洋地祝贺他即将乔迁新居。这场战役中他们始终并肩，拥有战友般的情谊。塑料杯的碰撞软弱又无力，他依然感受到了热血与热情。他们全程陪他干了一件大事。他是可以做大事的人。他还想起很快就不用坐漫长的地铁和莉莉去上班了，不过，他已经很久没跟莉莉一起坐过地铁了。

他们那晚还说到了六号线，中介说：“阿弥陀佛，没有六号线，这里就不会有房产买卖。”那么他自己就不会有工作。他听来感到他们有难得的共同之处，于是共同举杯祝愿六号线早日落成。

人狂多是非。这句话在第二天女经理通知他去谈一谈的时候，闪过他的脑海。他记得这是自己本分的父母常说的。他与中介年轻人的畅饮之后，又毫无悬念经历了一次宿醉。他因此在当月第四度缺勤打卡，两次因为看房，两次因为宿醉。

在女经理口中，“谁都有理由，谁都有事情，但是公司有无故缺勤四次就开除的规定”。她的声音慈祥得如同他的母亲，语气冷淡得如同他的父亲。他奇异地在女经理身上发现如此矛盾的特质。

他除了认错之外，别无他法。他向来也不是公司表现最好的员工，无异于与上司长久赔笑，博取积极上进的好印象。他的工作仿佛是一个虚假的玩笑，他装作严肃地把这个玩笑进行下去，如此他才能得到薪水。

女经理并不认可他故作诚恳的认错，手中电话已经拨下按钮，如她之前所述，是要给他警告，再加扣发三个月奖金。

他不在乎警告，他每天的生活基本就是被各种力量警告。他在乎奖金，只拿基本工资的处理结果会让他在买房卖房的关键时期格外捉襟见肘。他的贷款还在办理中，这也得仰女经理的鼻息。

他事后对自己的冲动格外后悔，不应该激烈地辩解他并非无故旷工，只不过是忘了请假。

“忘了请假？你会忘了吃饭睡觉吗？”女经理在此时展现出女性特有的诡辩才华。而他竟然愚蠢到与她争论“请假与吃饭睡觉有本质区别”。无论争论什么，争论本身就是错误了。他积累的工作经验此时统统被他抛到东六环外。

他忘记自己如何为奖金辩护了。他知道自己的口才根本不是那种能扭转乾坤的类型。他得到的结果是扣发六个月奖金，以及一次违纪警告。

他气呼呼地夺门而出，女经理在他身后悠悠说着：“本来是可以开除的。”

他心想：那我还得山呼万岁千恩万谢吗？同时他才恍然大悟——女经理的办公室是玻璃围起来的，这时大办公室内的同事目瞪口呆地向他行集体注目礼，他们都看见刚刚发生了什么。他鼓足勇气去回应众人的目光，他知道这个时候闪躲并不是明智的对策。同事们也知道这一点，他们纷纷低头，虔诚地专注于电脑屏幕散发的那一小团光明。

中午他没有去吃饭，因为他得在工位上盘算如何度过没有奖金的半年。他首先想到这件事依然要对莉莉保密，尽管他有几天没有见过她了。他们还保持着联络，莉莉说她借宿过的那位女同事的房内有一间次卧，合理的租金价位连他都觉得十分诱人，她打算租下那间次卧，但“这并不意味着什么”。他回复说：“通州区和海淀区的异地恋还能接受，再远的话我可能需要考虑考虑。”她发来古怪的大笑表情，像古时候的嫔妃捂着嘴，笑得心机深重。

其实莉莉自己的保密工作做得相当粗心，他甚至怀疑她是故意露出马脚，以便让他知道她有了更好的选择。她确实没必要在他身上打发所剩不多的青春。他已经坦然接受这样的结果，或许也是因为一段时期那么多焦头烂额的事情让他顾不上她，她才会回家的日子越来越少，仿佛他们已经分手，仿佛这是他们无须明确就心照不宣的既成事实。

那位有意在他们小区买房的三角眼同事，这时把手从身后搭上他的肩，在他刚刚跟女经理争执之后，这动作轻微缓解了他内心的寒意。

“我说，你干吗呢？”“三角眼”做出恨铁不成钢的表情，两只眼睛的三角形于是更明显了。这种眼形是招惹是非的面相，也许他最好还是多加留意。

于是他摇头，也确实无言以对。

“就是打工挣钱而已，计较什么！”对方总结得精准到位，他暗自叹服，看来他还需要更多岁月来把自己变成喜怒不形于色的中年人。

随后，对方带着明显是转移话题的用意，避而不谈尴尬的办公室气氛。女经理在午饭前极为招摇地招呼几名同事去吃饭，在路过他的工位的时候，对他视而不见。

“三角眼”问：“你那个小区，房价怎么样？”

他终于可以说说这件大事。十分果断的两次出手，极为成功的置换，虽然手续还在办理中，但最重要的环节业已完成。他略带夸张地描述了新房的格局，将两室一厅描述为三室两厅。

“三角眼”听后如释重负，叹息说：“那就好，那就好，我听说你们小区，好像有点儿诡异，你既然卖了，那就好，我是不打算去你们小区了……”

这是他闻所未闻的新情况。“什么诡异？”

对方一脸困惑，只说也不是很清楚，就是挺灵异的，说是半夜有特别的声响，花园里经常有纸钱。

六

他开始考虑如何跟莉莉谈分手。他本以为这不会太难，但是随着搬家的日子一天天临近，他不得不着手收拾房间里其实并不多的物品。莉莉偶尔仍然回来住，她就像聊斋中的女鬼，在他最意想不到的夜晚忽然现身。

他们甚至又做过一次爱。礼貌而温存的仪式中，两个人彬彬有礼。那次 QQ 上的对峙之后，他们再没有过剑拔弩张的时刻，他想入非非地觉得也许天底下长久夫妻都是如此，彼此心知肚明，但也心照不宣，保持必要的缄默。

莉莉不回家的夜晚，他有时整晚都站在窗前，直到酒意让他无法支撑，才疲倦睡去。从二十八层的高处看出去，外面的世界也是黑漆漆一片。他听见过两次二十七层的琵琶声，黑暗中更觉苍凉。他即将度过三十岁生日。生日与他搬家的日子相隔不远。他安慰自己这种巧合里有天意注定的安排，似乎新生活从一开始就将笼罩着而立之年的光环。

他清点物品时找出了莉莉这几年送给他的生日礼物，都存放于床头柜内隐秘的角落，旁边是避孕套和灭蚊灯——都是他再也不会用到的东西，至少在这里不会。

一只印有“老公，辛苦了”字样的马克杯、一件从未被悬挂过的招财猫风铃，另一件是脑袋摇摇晃晃的水晶熊。这些易碎品在搬家前，就像家族中最麻烦的子弟，让人有舍弃的心，又有不忍的心。

他用了不少塑料气泡将它们精心包装，留下几个包装卷曲的避孕套和灭蚊灯作为给购房者的礼物——中年男人也许比他更需要这些东西。

马克杯、风铃、水晶熊单独装箱封存后，他忽然心生好奇，不知道今年生日还能不能收到独具莉莉特色的礼物。

莉莉在他生日前两天回来过一次。她竟然没对客厅里几只封装好的大纸箱表示诧异。他只能这样理解，搬家对她而言其实早就开始，一直在进行，没什么奇怪。

她绕过摞起来的纸箱站在他面前，看样子就像她从未离开过一般。

“这是已经大功告成了吧？”她说。而他认为这明明应该是自己的台词。

她可不只抢他这一句台词。随后她说：“早知道你有卖房打算。”这是因为那天她从沙发上醒来，发现他不在家，碰巧在窗前看见他鬼鬼祟祟从房产门店走出来，而她第二天查到那家链家地产门店的电话，打过去，她的猜测得到证实。那么，她也只好为自己早做打算。她说着开始落泪，这让他准备好的那些话一时全都失去了用武之地。她还说，她本来为他的生日有所准备，但走到小区门口链家地产门外时，她忽然委屈备至，情绪激动中，她将有精美包装的礼品放在了链家地产门外的地上。

“我难道不配知道真相吗？”她眉毛皱起，仍然细长。而他又被她抢了台词。

他沉默着思索她这段时间住在哪里，她是如何为自己早做打算的，他想他该怎么证实自己的猜测。但光是问出这样的问题就已经令他揪心，何况还要听她亲口讲出答案。

“不就是房产证上名字的问题吗？”她抹着眼泪，气呼呼地说，“不告诉我的原因，就因为新房的房产证上不想有我的名字，不过，我不在乎！你从来没有考虑过我们以后怎么办！你做什么都是在为自己打算！”

他惊讶不已，一时间完全没明白房产证与她连日来带走的衣物或者她在外度过的夜晚有什么关联。而他的买房程序也没进入登记注册阶段。他确实没考虑署名问题，他也许被她说中。只不过他也从未奢望过他们的名字会在这一生的重要证件上并列出现，那么，他也许应该理解她的愤怒。

她说这段时间一直在等着他，“我真是蠢透了，异想天开，还以为你会找我谈谈，一起设计我们的未来”。他几乎被这句话打动，为自己与生俱来的软弱或犹豫默默自责。也许他应该果断问出那些疑问，而不是像现在这样避而不谈。

她的哭诉戛然而止，神奇地换成她惯常那种果断又温情的语气：“如果你现在答应我，房产证上有我的名字，那我就当作什么也没发生，原谅你。”

她一定忽略了什么，他想，她忽略了很多东西。

这段时间，他在独居的夜晚喝光的透明玻璃酒瓶都在窗台上，他无聊时将它们摆成一颗心的图案。此时窗外天色黑沉，那些廉价酒瓶被映照得如钻石般，似乎将永恒璀璨。

他指着那些酒瓶，说：“你问问，它们答应吗？”

“什么？”她松开手，之前她两手都紧握他的膝盖，这动作对他们一直意味着亲密，或者即将发生的亲密。

“如果它们同意，我就没问题。”他拍着心脏的位置。

咚咚的声响像猛兽在步步逼近。“它们，”他胳臂笔直，指向推拉窗，“你没看见吗？它们。”

她带着不可思议的神情站起身，怒气冲天地离去，她反复用四个字重申她对他最后的评价：“疯了吧你。”

走到门厅，她又停住了，扭身回望，像仙女般深情款款，又若即若离。她说：“都说这小区闹鬼，你真是撞鬼了，我也是撞鬼了，我撞了你这个鬼。”

三十岁生日那天，气温陡然升高。晚上他将最后几个纸箱封装妥当，以备天亮以后搬家公司的工人来将它们搬走。他会留下一个纸箱，其中装有马克杯、风铃和水晶熊。他的新房仍没到手，但中年男人等不及要装修，他只好先在如家酒店住一阵子，由中介为他谈妥的价格，合计起来比月租房更划算。

想到明天就将搬离，诸事完毕，他来到窗前，无聊地将空酒瓶摆成长方形，像一间空洞的水晶屋。灯光把它们映照得格外明亮，看上去也格外空洞。窗外琵琶形状的小区也同样明亮同样空洞。绿化带内那些新添的路灯只不过把几座高楼衬得更暗淡。居住几年他未能结识任何邻里，此刻他甚至回想不出一张相熟的面孔。

他似乎又听见楼下那首熟悉的乐曲。他侧脸贴上电表箱得到确认。此后他拎着半瓶酒在屋内走动数个来回，最终凭酒精赋予的勇气决定下楼拜访这位邻居。

他摁动二十七层的门铃，门铃没有发出声音，也许就跟他家的门铃一样，是永远不会有来访的朋友摁下的无用装饰。

敲门声在夜晚的寂静中显得意外响亮。不过他并没有得到回应。他又轻轻敲了两次，之后把耳朵贴上铁门，听见琵琶曲陡然进入节奏迅即变化的高潮段落。门内也许是一位谨慎而克制的年轻人，无论男女，都跟他有相似的经历或愿望。他理解他或她为什么不开门，一种惺惺相惜的感触几乎让他心跳过速。想到自己做出这种唐突的事，他感到脸都已经开始发红了，不过他也有些为自己得意。

随即而来的吼叫声真正打乱了他的心跳。“是谁？”门内的声音听起来像多年前就已垂垂老矣。

“我……是……楼上的。”他说，喉咙似乎被什么东西堵住。

片刻后，“干吗？”那个声音又吼。

他突然开始讨厌自己，因为他也同样讨厌突如其来的陌生来访者，他们都不值得被主人友好接待。他犹豫着要不要离开，那个声音更响亮地吼起来：“说话！干吗？”

他战战兢兢说明来意，之前先胡乱赞美了一番对方的音乐品位，而对方一定因为他所说的琵琶、节奏、旋律这些东西感到困惑。他说起他一直听着琵琶曲度过最漫长的夜，今晚也是，不过是最后一夜，因为他明天就要搬走了，临走希望能认识这位邻居，不过不方便就算了。他在小区没有一位认识的邻居，住了四五年，到搬走的时候才发现这一点，没有人会知道他在这里住过……说到这里他就不说了，他还有很多想说的东西，不过这些东西都不适合对着一扇纯黑的防盗门说。他咽了下口水，把没说完的话连同晚上喝下的酒一起咽下，直抵肠胃。

他准备离开。身后的防盗门这时突然拉开一道手机宽的缝隙。他看见一头白发闪现在黑色大门打开的缝隙里，明亮又耀眼。他打着酒嗝站在门前，不确定自己该走还是留。

“你真的是楼上的？”“白头发”问。

“是的。”

“什么事？”

“没事。”

“真没事？”

“也有点儿事吧。”他说，一时间他也不知道自己有没有事。

“算了，进来说吧。”铁门打开了。他抬脚迈过一块黑色门垫，抬头的刹那，他就看清了室内大部分陈设，尽管当时屋内的光线十分昏暗。

他想呕吐，不过抑制住了。

他是一手捂着嘴，另一只手捂着肚子跑出来的，中途差一点儿被门垫绊住摔倒。他踉跄了几步，还是稳住了。他看了眼电梯，小屏幕上的数字告诉他，他来不及等电梯了。他冲进楼梯间，径直往楼上跑。跑了三四步台阶，他开始腿软，肠胃似乎不愿跟着腿一块儿上楼。

他终于吐了出来，楼梯间的声控灯在他的呕吐声中长明不灭，就像他刚刚看见的灵位前那一长排蜡烛形状的长明灯。

回家后他坐在马桶上无法起身，呕吐带来的疲倦感比起他在二十七层看见的景象来说，是如此不值一提。

二十七层是座坟墓。

他先看见客厅，布置得犹如乡下灵堂，四面墙都挂着黑祭联、白纸花，从天花板垂挂到地面，左右靠墙的长条桌上摆设着灵位，电子蜡烛的光亮会像真的蜡烛那样摇晃。他看见窗帘上摇动的光影，跟他在楼下曾经见过的那种淡淡的皮影戏一般影子，是一样的浓淡。还有那些长条桌上的灵位，至少有八个，也许十个，他回忆不起来。

“这是……有人去世？”他记得自己这样问过。这个问题的愚蠢程度他已经意识到了，而真正的问题是：“为什么会有这么多？”

琵琶曲比他听过的任何一次，都更清晰悦耳。他循声而去，发现了离自己最近的两个灵位之间的小音响。他也因此发现每个灵位前都有一张黑白遗像，遗像上的面庞在电子蜡烛晃动的光影笼罩中，似乎随时都会绽放诡秘的笑容。

白发男人在微笑，是那种虚假的、不得已的微笑。那一瞬间小时候看过的所有香港鬼片中的情节接连不断地在他脑海中闪现。酒意也在恐惧中发酵，随着一阵子热血，同时冲上他的脑门儿。他摇着头，步步后退，看白发男人就像看着一个随时会现出原形的妖孽，而他是西游记中的唐僧，对妖怪毫无抵抗之力，也是误入狮群的羔羊，除了奔逃没有任何活路。

他记得自己在惊愕中抬手，指向灵位前那些黝黑的木盒，一个，还有一个，还有一个……他吞吐着说：“这是……是……”

白发男人微微点头，他似乎在听见他的回答之前就退出了房门。于是他苍老的声音与琵琶曲同时被锁闭在黑色防盗门内：“是的，都是骨灰。”

白发男人在半小时后敲响了他的房门。

他似乎回过一些神，稍许平静了些，可能待在自己家中也能让他获得一些勇气。

他对白发男人满是怨念和仇恨，在心里将这个怪人反复咒骂。他不敢待在客厅，因为知道地板之下有七八盒骨灰。他还不知道二十七层的卧室是不是同样的布置——常设的灵堂，半空中的坟墓。他没看见二十七层卧室，所以他也不敢待在卧室。卫生间是他目前感觉最安全的地方，没有人会把骨灰放在卫生间。不过又有什么样的事情不可能呢？他再也不相信有不可能的事情了。

他开门的时候手里握着一把菜刀，他认为难题不在于他敢不敢砍下去，而是他能不能分辨白发男人是人是鬼。如果是人，他杀人须偿命，但如果白发男人本人就是杀人狂魔呢？不管怎样，他都需要手里有一把菜刀。

没想到开门之后，白发男人竟然率先宣告："我是人。"

他把菜刀藏在身后，另一只手挡着门。

白发男人站在门外，满是歉意地问："能不能聊聊？"他发现白发男人也许没有看起来那么老，只不过五十多岁，可能提前长出了一头白发。白发男人又说："明儿搬家啊？要走了也打个招呼。我真是人，好人。"

他迟疑地打开房门，他心里确实有太多疑问需要他打开房门。

白发男人进屋后就自己先找了一张椅子坐下。他不想坐在客厅，就待在门厅。这样万一有事也好马上就逃，他想。

他看了看门厅的电表箱，想起其实自己无数次畅想过与这位二十七层邻居有一天会认识、会说话，他无论如何没想到是眼下的样子。

白发男人说，那些都是他的家人。也不是什么变故，就是买不起墓地。“你以为房子贵，墓地才贵呢。”

“一开始是我一个远房的叔叔，不过是过继给我爷爷的，也算是亲的吧。这个叔叔在老家得了癌症，要来北京治疗，刚好我当时买了这套房子，是想投资的，这么远，我也没想过来住。我们老家是山西的，老家已经没什么人了。我叔叔不是癌症吗？在北京也没医好，三期的时候来的，他在这房子里住了一年多吧，就走了，还挺年轻的。临走留个遗愿，说要葬在北京，跟我爸，就是他哥在一起。叔叔说，活着的兄弟不在一块儿，只好死了在一块儿了。他们为什么活着没在一块儿我也不清楚。不过我们一打听，北京的墓地真是买不起，我不先买这房子了吗？手上也没几个钱了。我爸就说先放这儿吧，什么放这儿？当然是骨灰啊，谁敢放着不火化？我就琢磨着光放骨灰也不成样子，时不时过来烧个纸，打扫一下，打扫完了就还想布置一下，就弄了点儿装饰，谁都想住的地方漂亮点儿嘛，死人也是啊。本来想放哀乐吧，又怕被四邻听见，忌讳。我这个叔叔在文工团是练琵琶的，来北京治病的时候带了好多琵琶曲的盘来，我就挨个放呗。是我爸出的主意，说放琵琶曲，不过我爸他就知道个《十面埋伏》，你别说，我听久了是觉得好听，你也觉得好听是吧？什么？你说这小区像琵琶，那我倒是没注意过。你刚夸我音乐品位高，其实我什么都不懂，那些音乐盘都是我叔叔的……”

“那怎么那么多？”

“他爱好这个呗。”

“我不是问盘，我是问骨灰。”

“哦，你听我慢说，这事我是第一回这么说。你别急。后来不是我爸我妈年纪都大了嘛。他们走了后，我还是没办法，就把他们也安这儿了，我爸我妈都挺喜欢这里的，当时买房他们还夸我选的地方好，将来是要通地铁六号线的。这六号线是不是快通车了？我听说会提前呢。我妈还说离这里最近的高架桥叫寿宁桥，听起来就很吉祥。我想这房子也是我花钱买的，我想怎么用就怎么用啊，何况是我爸我妈来住。我还能随时过来陪着他们，我有两个兄弟，还有两个妹妹，他们都同意。我琢磨，他们也是不想掏钱买墓地呗。逢年过节，我们几兄妹一起过来，现在不敢烧纸钱了，只好撒纸钱，窗户外面也撒两张，不敢撒太多。但我就是不清楚，撒的纸钱他们能不能收着。

“挺好的，我们兄妹一块儿过来，就在卧室那间打麻将，谁要是输了，还跑到我爸那儿告状呢，你说逗不逗？”

“——那也没有那么多？难不成你兄妹都走了？”

“呸，你别乌鸦嘴，我们几个都好着呢，身体好，你别看我头发白成这样，这是遗传，少年白，我三十二三岁就这样了。那些剩下的骨灰啊，是亲戚的。谁还没几个亲戚啊？我们家亲戚多，特别多，亲戚家的老人有的走了，后人就来找我，说也想把老人放这儿，我一开始是不同意的。又不是个东西，说放就放。但又是亲戚，不好明着拒绝。人家又说那先放着，等找好墓地再落葬。我想那也行。结果啊，嘿，一放就放下了。我有时候想啊，既然放我这儿，怎么也不能亏待人家，时不时也给送点儿纸钱，心里踏实啊。我给人家老人送钱，人家也是知道的，就也给我拿钱，说一年给我两三千。我不要，这个钱拿着不踏实，我又不是做这买卖的。

“我没什么好怕的，我觉得挺安定的，有这些个老人保佑我呢，就是一个一个地走，我一个一个把他们安顿好，现在，是八个。

“是，是不太合适，一开始也没想就这么弄，你说入土为安，谁不是这么想？只是真没办法啊。现在，你让我找个地方安顿这么多老人，我是没这个能力了，一辈子的钱都在这套房子里了。我们几兄弟也都没这个能力，谁都在精打细算地过，小日子，难得很。

“所以我来是来求你的，能不能保密着？要真是不让他们在这儿待了，我不知道该带着他们上哪儿去。骨灰寄存也不成啊，一年一个两千块，谁掏得出来？

“你是要搬走了。我本来不想开门的。我也是担心了，怕被人讹诈上。你来敲门，真是把我吓得够呛。我也把你吓得够呛吧？那我也给你鞠个躬，求你原谅我，年轻人。你肯定也不容易，我没说错吧？

“你要是告发我，我也认，这事我不在理。你住我楼上，有几年了吧？其实我每次都跟他们说，不仅要保佑我，保佑我们家人，还要保佑这四邻八方的，是邻居们成全，给了你们安顿的地方。这人哪，活着的时候想要个房子安生，挺难的，死了想安顿，其实也挺难的。

“我还是觉得对不住你，以后我每天都要求他们保佑你。

今天我可以不开门的，但是我这人吧，就是实诚，觉得不开门像缩头乌龟似的。我就问我爸，开不开？当然是心里问啊。我爸说开，人家都找来了，男子汉大丈夫，有什么事都得自己担着……”

七

两个月后，他从如家酒店搬回琵琶形状的小区，离开这里的两个月他过得不太容易。如家酒店的房间，大半都用来堆放他的纸箱，一共二十个大纸箱。打扫房间的服务员问他：“是不是做淘宝的？”他否认几次，后来干脆就承认了。服务员又说：“那你肯定生意不行，两个月什么也没卖出去。”

他不能告诉服务员他只想卖一样东西——房子，但他卖不出去。准备买他房子的那位中年男人，想必也听说琵琶小区风水诡异，在约定网签的前一天晚上反悔了。当时他已经住进了如家酒店。中介因为这件事比他更沮丧，“我可能也会半年没交易了，这个小区不可能卖出房子了，很多人都说这里风水不好，说是因为寿宁桥的问题，原来就是规划的墓地，要不怎么叫寿宁桥呢？”

他不知道中介与自己谁更值得被安慰。他躺在纸箱上，听中介说：“买家说定金就送你了，反正他肯定是不买了，他可能换了家中介，我一下子损失了两个客户，你说惨不惨？是，你也够惨，不过你得了笔定金。”

他提醒中介，他同样也付出了一笔定金，现在还在为如家狭窄的床铺支付房费。

“那你赶紧搬回来啊。”

他没法住在八个骨灰的楼上，但他忍住没说，他也许还有机会把房子卖出去。他不知道要在如家住到什么时候，也许是他再也掏不出房费的那一天。

直到他接到莉莉的电话。已经是夏天，北京三天就会下一场暴雨。他冒着暴雨坐地铁去海淀，按照莉莉发送的位置信息，在清河一家甜品店的屋檐下找到了她。他看见她的时候，她坐在地上，两腿之间全是甜品的包装袋。她看起来胖了不少，短裤下的两条腿像发泡的奶油一般，似乎还在膨胀。他没有带伞，下班之后就坐上地铁，此刻全身湿透，他摩挲着头发、眼镜片上的水珠，想他们两人到底现在谁更狼狈一些。

莉莉费力地站起身，红着眼睛冲他扑过来，几乎把他按倒在地。她身上轻薄的夏装于是也湿了一大块。他惊讶片刻之后感到拥抱她的感觉依然美好。他拍着她的背，调皮地捏起她背部的赘肉。他们拥抱了很长时间，直到她破涕为笑。他却想哭。

莉莉带他去她这段时间住的地方——需要穿过一排烤串店，从两家烤串店中间的楼梯往上走，楼梯间的男科广告层层叠叠。莉莉和莉莉住的房子都与他以为的不一样。

一切都是真的，不是莉莉的谎话。她跟女同事合租，两居室内没有任何男人的物品或气息，不过他这天没有见到莉莉的女同事，因为她跑了。“拿走了我的钱、我最好的衣服，还有我的化妆品，偷偷跑回老家了，该死！”莉莉说。问题并不是从女同事回老家那天开始的，她们其实已经不算是同事了，因为公司终于倒闭，莉莉和女同事同时失业。

莉莉对失业的事情态度乐观，她只是迫切地想离开这里。“当初，我是真觉得你不想跟我在一起，卖房这么大的事都没有告诉我。我有点儿赌气，没想到弄成这样。”

他们都想要离开一些房子，去到更好的房子。他想到如家酒店被纸箱占据的剩下半张床，他很难和发胖的莉莉在半张床上温暖彼此，用力拥抱。他开始考虑搬回琵琶形状的小区。他犹豫过要不要告诉莉莉真相，因为莉莉离开他确实是因为他的疑心与欺瞒。但他同样对白发男人有承诺，会保守他和八位亡灵的秘密。

他和莉莉搬回去的那天，也是暴雨，猛烈得像北京城被放入洗衣机做彻底清洗。大雨中很多人都闲下来，比如搬家公司的卡车经过六号线站点那处工地，他没看见一个工人。

他和莉莉挤在卡车驾驶室。不知为何，他突然跟莉莉说："六号线修好之后就好了。"

莉莉说："真的，六号线修好之后就好了。不过，你为什么没卖房？"

他摇头，想了想，说："也许以后吧，我们一起来干。"

六号线通车比他们公布的预计时间提前了好几个月。周末不用去看房的时间于是变得漫长，莉莉说："要不去南锣鼓巷？"

他听来恍若隔世，几个月来发生的事情仿佛被她这句话完全掩埋。他说："也行，去买文宇奶酪和鲍师傅糕点。"

六号线的地铁车厢崭新得吓人，还没多少人坐过车厢内宝蓝色的座位，座椅像绵延的琴键，莉莉换了一个座位，又换了一个，离他越来越远，然后再换回来，再换回来，回到他身边。半个车厢的座位随她挑选，她偏偏挑了他。他握住她的手，免得她再坐到别的地方去。他感觉这是自己这段时间一直在做的事情，把她抓在身边。她其实可以不必去抓那些“圈圈”的，他想。因为他握着她的手，他感觉手心有只不安分的兔子。

每一次到站停车都会新上来一些人，渐渐就不剩下空座了。

大学时候他们都说过这样的玩笑话，谈恋爱就像坐地铁，座位就那么多，越到后来就越少，座位也越不好。他及时抓住了她，其他什么也没抓住。现在她就一直坐在他身边，他希望是。

“我们去看看，给你买点儿新衣服。”他说。

“不要，除非你很不喜欢我现在的衣服。”她说，“你喜欢我怎么穿呢？你从来都没告诉过我，你应该什么都告诉我的。”

“不，我喜欢，怎么样都喜欢。”他其实从没考虑过这样的问题，觉得她的问题有点儿多余。“但是，如果有好看的……”他说，“为什么不呢？”

她低下头，轻轻地靠上他的肩，地铁轰隆隆的，他不确定是不是听清她的话了，她在他耳边说：“我们还是存钱吧！”

他总是把存钱挂在嘴边，但从她口中说出来，还是第一次，听上去特别像一种讽刺。

“但是几件衣服我们还是买得起的。”他搂住她，在心里叹气，手落在她的膝盖上，轻轻拍着。

地铁车厢内播放着轻缓的钢琴曲的背景音乐，广播播放着下一站就是南锣鼓巷。他看见很多人都从座位上站起来，整理着随身携带的东西，往车门处走去，恍惚间，一切都是曲终人散的模样。

腰　窝

一

宋柯左手扶方向盘，右手折到后背，把靠背垫扶正了，才说：“这是第三圈了都……”

他爸老宋坐在副驾驶座，还是不接话。老宋一路都咬紧下唇，此刻稍松动些了。宋柯瞥了一眼，发现老宋如今也不刮胡子了。几根胡子稀疏随意，垂在领口，

老宋才开口，问：“有什么好笑的？”

“没什么，今天我生日，你陪我出车，这么好的事，想起来就得笑不是？”宋柯故意把话说得字正腔圆，把胳臂也绷紧了，撑着方向盘，这姿势开车不容易累。好在三环路难得通畅，两侧高楼投下积木般的阴影，将路面分割成不同灰

度的块状，是秋天的上午，阳光早衰退了气势——但就算衰退了气势的秋阳，也是眨眼间就会过去的，美好的东西都是眨眼间就会过去的。宋柯生在秋天，射手座，像秋天一样，如今他以为人生美好的部分已不经意流逝殆尽。

宋柯今天年满三十二岁，开出租车整三年。这事不难，不过赚的是辛苦钱。上车的人都会说个目的地，照目的地走就成；也有说不清楚的，就举手机给宋柯看导航地图。客人下车了，宋柯习惯性地就往三环开——只要上了三环主路，他就可以什么也不想了。三环路是环线，无始无终，能不动脑子一直开下去——身子已经累了，不能让脑子也累，说到底他还是不想赚这份辛苦钱。但是，“还可以再干几年”，每次宋柯提出要换个事做，他爸老宋都这么答。只可惜时间不是三环路这种闭合的环线，时间是无法倒车的单行道，几年之后他再不能回到原处。他兴许可以不必问老宋的意见，但他其实也不知道如果不开出租车他该干点儿什么——老宋没讲错，“不干这个，你干什么？”人这辈子能成就什么，大部分人是对自己稀里糊涂的。如果他真有想法，也许就去做了。

“还是啥也不说，是吗？那我就这么跑下去呗。”见老宋又绷紧了下唇，宋柯说。

“让你小子别急。”老宋只扭头看窗外。

二

去年宋柯过三十一岁生日，老宋陪宋柯跑了一天车。拥有二十八年驾龄的老宋，屈尊坐副驾驶座，神态也是“会当凌绝顶，一览众山小”——总之就是有种被经验保养出来的优越感。宋柯踩油门踩刹车，每踩一下老宋就叹口气，他看不惯宋柯的毛躁样子，“三十一的人吃三十二的饭了，还这么毛躁，怎么得了？”老宋说。老宋还全程一支接一支地抽黄鹤楼，抽完两包，正好收工交车。老宋在一旁监督着，宋柯点钱算收入，份子钱是够了，再算上烟钱，就不够了。

那天，好几个乘客看到副驾驶座上这尊神，都以为车内已有乘客，宋柯把车停人家跟前，人家就放下胳臂，摆手说“不走了”，意思是“不拼车”。

宋柯就抱怨老宋：“那几趟算上，今儿就赚回本儿了，要不是您老人家跟那儿杵着……”

老宋也抱怨宋柯：“要不是我跟那儿杵着，那趟送老外去机场的活儿你这孙子能收两百块吗？你还给人家打表？跟你老子怎么没这么实诚的心眼儿……”

宋柯说不过他老子，他平时也最多回句：“你是我老子，我不是你孙子，辈分都说乱了。”然后老宋会很利索地争辩道：“你就是孙子，是你爷爷的孙子。”那天不知道为什么宋柯觉得无趣，没心思斗嘴，就咽回去没说。他知道老宋在驾驶座说了大半辈子话，很少有人说得过他。

那是去年，北京打车还比较难，供不应求，司机还可以挑乘客。到今年就是司机难做了。打车软件派出的专车越来越多。宋柯他们这种年轻点儿的司机，多数也单独添了手机叫车软件，方便在平台上接单。路边低着头玩儿手机的路人，宁愿在寒风里等上一刻钟，也不坐眼跟前的空车。宋柯坚持了几个月，终于也买了部安卓手机，还被老宋数落，说：“白弄部新手机，等于两个月又白干了。”宋柯就向他爹演示，平台派单其实还是方便的。老宋摆弄了一阵子之后也觉得这平台还不错。老宋又说：“不过还都是辛苦钱，没意思。”

“躺着挣钱不辛苦，有意思，我又没那功能。”宋柯回嘴，被老宋横了两眼。老宋瞪人的功夫是祖传的，北京人，自己号称祖上为镶黄旗。这样号称时一般都会指引对方关注自己的眉眼，确实自带一种英气，眼珠一横一竖都像有话要说，只是没人能验证其祖上血统。

“老爷们儿还想躺着赚钱？”老宋说。

“躺着挣钱那就是一说法，您老想多了吧？”宋柯话这么说，却笑得很不正经，也难怪老宋多想，“开网店做微商，如果戴上美瞳和假睫毛，就还能搞直播，这都是躺着等钱来砸的事，又不辛苦。”

“等我哪天真躺着了，你想干什么干什么，谁也管不着你。”老宋说。

三

今年宋柯生日这天，早上七点，老宋穿戴齐整，薄呢大衣扣子扣到最上面一颗，宣布：“儿子辛苦，老子得亲自陪着跑一天车。”

宋柯不乐意，想老宋还真把这事当成仪式了，就说：“您老人家坐车上，除了白费汽油，还有一特大功能就是耽误生意。开一辈子车了，还没够吗？”

宋柯倒是希望“小美丽”能坐上他的副驾驶位，那样他们还能开出三环，去顺义看银杏林，银杏眼下正黄得放肆。“小美丽”还从没见过北方大片的银杏林。去年有一次，他们路过钓鱼台，她被路边一闪而过的两排金黄银杏树惊得朝窗外拍巴掌。她的手小，宋柯看上去，觉得她的手也像两片完美的银杏叶子。只是车驶在主路上，一不留神就开过去了。壮观的金黄大道不见了，像被强行切换的幻灯片，窗外景象迅速复归为灰扑扑的连绵高楼。“小美丽”便噘嘴，她噘嘴的样子总会让宋柯开心，一开心他就忍不住要承诺，他的承诺是：“这不算什么，要看银杏，我得带你去顺义张各庄，那儿林子大，黄灿灿的都望不到边。”“小美丽”便不噘嘴了，欣喜得笑出八颗牙齿。他只想用舌头去舔她的牙齿。那天送“小美丽”回住处后，他还真舔上了。所以银杏算得上是他们的媒人，只是他们的爱情也像北京的银杏，灿烂得很盛大又很短暂。后来他们并没来得及去张各庄看银杏，“小美丽”眼下已经不知去向。至少他两个月都没有她的消息，直播平台上“小美丽”的头像和窗口都变成了灰色，这意味着“已注销”。他再也不能一打开视频窗口，就看见她唱歌时噘嘴鼓起腮帮子，一只手比着“V”的样子了。“小美丽”在老家贵州从没见过银杏，宋柯不明白为什么贵州没有银杏。“小美丽”当时说，北京的很多东西，贵州都没有。宋柯还以为她在调情，暗示他贵州还没有的，就是他宋柯。

父子俩在路边摊吃过生日的早餐，老宋多给宋柯要了一枚茶叶蛋，宋柯只吃蛋白，蛋白不长肉。老宋就放下筷子，右手开始盘一对核桃，是“小狮子头”，品相一般，应该是不超过八十块钱在潘家园天桥底下弄来的。核桃盘来盘去，老宋手心里就一直嘎嘣嘎嘣地响。在宋柯听来，这声音简直像要开战的鼓点。父子俩这一年时常开战，围绕“宋柯的人生”和“老宋的养老”两大主题，战绩旗鼓相当，各有输赢。老宋的养老问题在宋柯看来，关键症结是其态度不明确，老宋说是打定心思要退休了，但又总是表现出不舍得的扭捏样子，总之态度模棱两可，比如时不时闹出要陪儿子跑一天车这种事，让父子俩都难受。老宋澄清，自己是一心一意要养老的，但又操心宋柯赚的钱还不够他高枕无忧，才得时不时地过问，“你就当我是顾问委员，你明白顾问委员啥意思吗？退休的领导都得顾问顾问。”老宋说。

宋柯不明白“顾问”，只想着老宋干吗拿自己当领导。

“得了，今天的份儿钱算我的，你就当带我兜风，”老宋说，“那点儿能耐！”

老宋说完能耐禁不住打了个喷嚏，如老马喷出绵长的响鼻，可能提这个出份子钱的提议于老宋而言还是极不容易的，老宋那么节俭的人，就算对亲生儿子，也没见得格外大方过。当然这喷嚏也可能因为这秋高气爽的时节，夜间的寒气都是不经意渗透肺腑的。喷嚏收场，老宋也不浪费喷出的唾沫，顺手用两粒“小狮子头”在嘴边擦擦。他说过，文玩核桃跟人一样，得有汁液滋养着，才能把玩出包浆。

宋柯没再争辩，其实是有些话他懒得再讲了。总之不过是他想改行干点儿别的，但老宋认为他干不了别的。老宋这辈子就没干别的，年月都让车轮转走了。他以为掌握了方向盘就不会饿肚皮，只是老宋没想到，没有人能永久掌控方向盘。某些诡异的时刻，方向盘会有自己的想法，那时候，方向盘就会损胫骨——老宋三年前就是损了胫骨才不得不提前阔别驾驶生涯的。三年前，宋柯还过着另一种生活，近似于他个人的银杏般盛大又短暂的青春季。老宋三年前的那次小事故，宋柯如今想来仍觉得匪夷所思，空阔的平安大道上，老宋还能被剐蹭。对方开着一辆咖啡色五菱宏光，车身上有印刷公司的标志，开车的是一个染着黄头发的年轻司机，黄毛司机全责，保险之外的医疗费、误工费赔了不少。听说黄毛司机就此丢了工作，还要付老宋的医疗费。因为老宋的驾驶座车门变形，钢条崩开，扎进腿里，胫骨骨折，老宋左腿打了四个月石膏。

老宋腿上裹着石膏，说这期间让宋柯先顶上，毕竟老宋和公司还在合同期内，人的伤虽没好，车的伤倒是很快就修好了——老宋认识全北京的地下修车行，价廉物美。人闲着车不能闲，毕竟份儿钱还得缴，总不好就这么耽误着不是？

宋柯也以为有道理，就辞了魔王酒吧的工作，开上了出租车。那阵子，他本可能晋升成魔王酒吧的营销经理，向初来乍到的客人推心置腹地讲："您不需要点最贵的，只需要最适合您的，就是这款，好喝不上头，价位很公道。"从没有人发觉酒水单上最贵的酒存在的意义只是为了卖出更多看起来不那么贵的酒，而最适合对方的酒定然是最不便宜的那款。

直到老宋拆了石膏，宋柯才发现胫骨骨折事件造成的真正后果，其实是改变了他的人生走向，如果不是胫骨事故，也许他现在还在酒吧卖弄从老宋的基因里遗传来的口才。他并不爱酒吧的工作，卖酒和开车同样挣不到什么钱，只是那时他似乎更快乐。卖酒的时候宋柯拿的是提成，提成的钱比开出租来的钱更像躺着赚来的，心里感觉那钱来得更容易。"眼下最厉害的人，都是躺着一睁眼就能看见天上自动掉钱的人。"就像宋柯跟老宋说。

宋柯开的这辆现代车，此前老宋开过很多年，方向盘的黑皮套始终黏糊糊的，估计层层叠叠都是老宋手心的老汗，本该用来养核桃的老汗，却把宋柯粘在了方向盘上，反正他再没能丢开方向盘。因为老宋渐渐就开始念叨着自己明年就六十了，干脆就这么退休算了；老宋还说宋柯开出租车有天赋；隔两天老宋又说，司机虽没地位，但总比在酒吧骗人买酒更像一份正经工作。

“有时候你得信这个，你不是说那次事故没道理吗？可能道理全在这儿了，是老天让你转行，才让你老子受了伤，这是老天爷在安排呢，看在你老子这伤的分儿上，你也得干下去。”老宋不惜宣讲唯心理论，并且搬出苦肉计，也要让宋柯把出租车开下去。那就没办法了。

如今宋柯每天能开车在三环跑五圈，如果避开晚高峰堵车，他大概能开八圈。有两个月时间他都没正经拉过什么客人了，每天都在三环转圈。有时候他会突然想起“小美丽”，想起她额头上被毛巾勒出的那一点一点的小肉坑。他也许还心怀着能在三环路上遇见她的一线希望。他应该能一眼就把她认出来。毕竟她长得跟别的姑娘都不一样——在他眼里，“小美丽”是布依族，额头前凸，娃娃脸，塌鼻子，厚嘴唇，说不上美丽，但耐看。她做网络直播，曾经乘宋柯的车做过一次户外直播，主题是“我在三环跑一圈”——听起来很无聊，但直播都很无聊，只是现如今如果想挣钱就得干无聊的事，比如他得从早到晚开十个小时车。“小美丽”那次跑三环的直播花了一个小时，花了三百多块的打车费。全程她都对着手机唱贵州山歌，不唱歌的时候她就噘嘴，给粉丝说些简单又暧昧的话，向镜头露出侧脸，因为这样会显脸瘦。没想到她竟然就靠那次直播红起来了，有几个粉丝一天到晚给她刷礼物，就那次，她收到的打赏钱比宋柯开一天车赚得要多，多得多。

宋柯不能告诉老宋这两个月他消极怠工，份子钱还不知道在哪儿赚呢。他想反正也是在三环跑圈，老宋既然坚持，又能出份子钱，不如就随他。于是答应老宋这就上车出发。

老宋打完喷嚏，还是盘核桃，还是讲道理：“你不就是嫌这活儿辛苦吗？天下还真有不辛苦的事，就是你干不了啊。你三姑的儿子跟你一样大，人家卖理财产品，拿人家的钱赚钱，多轻省不是吗？谁知道是骗子，你三姑把存折都赔给人家了，全赔光了，所以天下就没有轻松的事。想轻省啊，还得冒险，你得面不改色心不跳，要不你怎么把钱装自己兜里？你从小就不吃苦，你五岁时我就想完蛋了，这孩子怕是得学点儿不吃苦的技能才成……”

宋柯上了车，不想听老宋讲道理，又下车说去撒尿。他去了路对面的公厕，别的出租车司机偶尔会在车门边撒尿，他从不，毕竟未婚，该讲究的地方他认为还得讲究。

等宋柯回来，老宋已做好出发准备。看宋柯一脸不情愿，老宋掏出一个四方小红盒：“过生日，得有个礼物呗。”

宋柯愣了一下，打开小红盒子看，里面相濡以沫躺着两枚核桃。受老宋耳濡目染，宋柯一眼看出这对的品种，是“官帽”，个头儿比老宋手里那对“狮子头”要大，而且周正得多。不过宋柯又不玩儿核桃，想着老宋怕是借着生日礼物的名义给自己添一对收藏吧。于是宋柯阴阳怪气地笑了声，顺手把红盒子丢进扶手箱。“您别让我干这个，歇个三五天，就是最好的礼物。”

老宋不慌不忙地把红盒子从扶手箱捡回来，装进自己的薄呢大衣口袋，才说：“你歇着不干了，我们全家都得歇菜了。总得有人干活儿不是？不干活儿哪来钱吃饭？”

“什么我们全家？不就你跟我呗？”宋柯五岁之后就没见过母亲了。

“那也是一家子不是？我是快入土了，你这辈子就这么歇着了，也行，你等着，等我入土了，就没人帮衬你了……”

“你帮衬过我吗？”

“怎么说话？我不管你你长这么大？你以为开出租车能挣多少钱？还不是你老子有能耐？我就一个人……”

“你是有能耐，你有能耐把自己腿弄瘸。”宋柯嘟囔，他不可思议于老宋竟然如此大言不惭，老宋虽是老司机，但这些年路上的事故也没断过。老宋自己解释说是年龄缘故，眼睛虽然还亮着，手毕竟是慢了，岁月不饶人哪。宋柯自己开上出租车之后，才开始仔细回想老宋在路上出过的事，一件件地盘算，才发觉老宋确实是运气好，老天保佑，虽是小灾小祸的，但老宋也没在路上吃过大亏、逢上大灾。

“什么？看来你小子是真不懂……”老宋把核桃盘得飞快。

宋柯把车从虎坊桥先开上两广路，到双井桥就能奔上三环了。宋柯每天出车都这么走。双井桥总是堵车，上班族啃着鸡蛋灌饼打车，宋柯不爱拉他们，鸡蛋灌饼味太冲。因为“小美丽”不吃葱，她说过闻见葱味就晕车。有时候两广路上能接上领孩子的少妇，那就是比较美好的一天。车上有女人和孩子，车内小空间里登时就满是甜香的味道，他想大概这就是幸福家庭的味道了。毕竟他知事以来只跟老宋过，不知道跟女人组成一个幸福家庭，那家里该是什么味道的。这样一想就心内一软，忍不住在启动车辆的时候叮嘱孩子把卡通水壶拿稳当。

这天，宋柯没碰上领孩子的少妇，也没碰上吃鸡蛋灌饼的小白领，车已经从双井开过了国贸，前面就是团结湖，却还没遇上打车的人。

老宋不知是在跺脚还是习惯性踩着假想中的刹车：“你得走辅路，你见过在主路打车的吗？”

宋柯不想走辅路，毕竟他根本就不想拉客，没心思。跟“小美丽”失去联系之后，他就开始随机拒载，有时候说自己得去交接班，有时候干脆一脚油门奔过，视心情定。

“得，你要不停车吧。”老宋终于不耐烦。

“也行，过了早高峰再说。”宋柯把车开到辅路，停在呼家楼附近，开了车窗抽烟，细支的黄鹤楼——过生日嘛，得善待自己。

老宋把话说得沉稳，吐纳之间都填满深思熟虑过的谨慎：“我看这样吧，今儿再送你点儿别的礼物。”

“两包。”没等老宋话音落地，宋柯就做了个“V”的手势。

“这点儿出息。”老宋不屑，又说，“等会儿你就听我的，别的都不用你管，等事完了，我们去烤肉季吃羊肉去。”

“你请客？”

“我的钱还不是你的钱？只要你不心疼，就我请。”

“我不心疼，我腰疼，坐久了。”

“够贫的你。”

“遗传你的。你到底答不答应两包？”

“二十包，凑一条。”老宋很爽快。

宋柯说话时，一手放后腰那儿，伸进汗衫里，摸索着自己的腰窝——“腰窝”这说法是“小美丽”教他的。“小美丽”喜欢把自己的塌鼻子杵在宋柯后腰中间那块地方。

“这儿有个窝，就是腰窝，胖了就没有了，你越来越胖了耶，等腰窝没了，我就不要你了。”“小美丽”说。

宋柯只当玩笑。日后也时常自己摸摸，看腰窝还在不在。他老觉得腰窝确实越来越浅了，开车长肚子，肚子上的肉都是横向蔓延开的，从侧腰往后腰延伸过去，像腰上围有一圈软垫子，迟早填满那个小小的腰窝。现在，宋柯差不多还能触摸到那处小小的凹陷，只是总觉得越来越浅了。也难怪“小美丽”会跑掉，离开他。她说话算话，她大概找别的男人的腰窝杵她的塌鼻子去了。“小美丽”身形略胖，她自己偏是没有腰窝的，不过她额头上时常有窝。她的头发是枯黄的颜色，但发量多，扎起来是粗粗一把焦黄马尾，也显得另类。每次洗过，她都用大毛巾把湿头发裹起来，像阿拉伯男人头顶那团巨大的编织物。毛巾一角掖进去，勒在前额上，过一会儿取下毛巾，脑门儿上毛巾掖角的地方，就显出几点像被人掐出来的印痕，那印痕需仔细看，才能看出毛巾的纹路。

宋柯有很久没见“小美丽”了。他不知道该去哪儿找她。她大概回了老家，按她从前的说法，“在家万种好，出门事事难”，难也就难在吃住行三样。最难是住，房租贵，她需要单独的房间，不被打扰地做网络直播。画面中可见的墙面，得满铺粉红色桃心图案的墙纸。吃倒是容易，“小美丽”希望能瘦二十斤，于是吃得比猫少，吃的问题上她最大的难处是北京没有够劲儿的辣椒。出行也还好，自从认识了宋柯，坐车不成问题，他不在乎她跟他好只是为了有辆随叫随到的私人专车。其实她很少出门，毕竟直播这行多数都白天睡觉，夜晚工作，除非做户外的直播，比如“三环跑一圈”这种的。

宋柯不清楚“万种好”的贵州离北京到底有多远，北京孩子从小就对京城以外的地方缺少了解。他也不知道这两个月在三环行驶的距离加起来，是不是已经足够从北京到贵州了。他的老家就是北京，这真难办，别人都有老家可以回，就他，只能回虎坊桥的老宋家，看老宋成日用油亮的手绢擦核桃玩儿。

四

宋柯承认，事故发生的时候，他的心思并不在方向盘上，他走神了。不过所有人都会在开车的时候走神，走神甚至是驾驶过程中一种极大的乐趣，如今他还愿意每天出车，很大原因只是开车时可以任意走神——至少车上的时光他还可以独处，至少独处的时间他还可以用来想念“小美丽”，或者用来幻想可能与她重逢的场面——她似乎也不经意说过会再来一次“三环跑一圈”的直播。

但这天的走神不寻常，他似乎是故意让自己走神的。他清楚记得自己其实能控制住方向盘，最不济他还能猛踩一脚刹车，无论哪种操作，他都能避免撞上那辆红色宝马跑车，尽管对方已经轧上了他所在车道右侧的白线，道理讲到哪儿去也算不上是他的错。但他下意识选择了走神，选择了不动方向盘也不踩刹车。他觉得，这一定是因为老宋坐在车上。

事故发生之前的瞬间，老宋说了什么，在宋柯此后一段时期的记忆里，都是一段突兀的空白，就像某种执行完毕便被删除的程序，老宋的指令在那一下撞击中被粉碎了，化为乌有。还有那真实发生的撞击，宋柯也觉得很轻飘，完全不像两个不小的金属体在行驶中（尽管只有二十公里的时速）硬碰硬的撞击，只像一小瓶水落在车内地板上，发出轻微的咚的一声。

宋柯还想到：老司机最不能坐的座位，也许就是副驾驶座，他们会因为面前没有方向盘、脚下没有三块踏板而陷入技能无法施展的焦虑。他们缓解焦虑的方式多数都得依靠一张嘴，所以他们得不停地说话——老宋的嘴倒更像是这辆车的方向盘。宋柯手中的方向盘只是一个无用的道具。连他本人，也许都只是老宋掌控下的人形道具。老宋在车上，宋柯感到自己和手挡杆、刹车踏板、油门踏板等零部件一样，能归于同一类。老宋通过他，控制着它们，同时主宰着他和它们，老宋让他和它们也成了自己掌心耍弄的核桃。老宋一路上发出的指令或许并不仅仅是“可以并线”“快点儿超车”“按喇叭啊”或者“大灯晃丫的”……如果仅此诸种，宋柯或许还乐于让自己与汽车的机械装置合为一体，老宋肯定还有过别的指令，但宋柯在事故发生后对这部分的记忆，很长一段时间都模糊不清。老宋也会忽略掉这些的，毕竟他们不约而同选择对此不再提及。

老宋先下车，宋柯随后，他比老宋花了更多时间来对这次事故的本意或结局有清醒认识。他们轮流查看过两辆车。

老宋弯腰显而易见有点儿费力，是三年前腿伤的后遗症。他们的出租车右侧，有一道长长的划痕，从前门把手延伸到后门把手处，右前车门有轻微变形。老宋下车开门时，右车门发出锈涩铁器摩擦的尖锐声响。前方的红色宝马，左车身同样有划痕，红漆掉落的部位露出黝黑的底漆，但车身未见明显变形。

红色宝马 Z4 的司机随即下车，是一个戴粉红色鸭舌帽的女孩。她没顾上开口，也先去看自己车上的划痕，又伸手去摸，像在摸一只猫。

随后她并没看他们的出租车。她的帽子顶部，伸出两只长长的兔耳朵形状的装饰。她弯腰摸车，又起身，再蹲下继续摸车，这过程中两只粉红长耳就那么一上一下起伏。

老宋父子似乎被她忽略了，她就像在处理只有她一辆车牵涉其中的单方事故，对出租车以及两个处心积虑的男人视而不见。手机一直握在她手心，她看手机，摸车，再看手机，再摸车。

老宋大声说：“姑奶奶您说句话啊。怎么解决？你在前，我们在后，你轧线啊，这是你的全责啊。”随后又掏出一支烟，想了想，放回烟盒了，大概是在气头上，顾不上抽烟。

老宋一嚷，女孩这才狠狠咬着嘴唇看了他们一眼，看完还是继续蹲在车边摸着那道长长的划痕，像在抚摸橱窗里的丝绸，突然，她扭头，大声问老宋："我这道划痕，修好得多少钱啊？"

老宋一听，急了，提高音量，再强调一遍："你在前，我们在后，你轧线啊，这是你的全责啊，你怎么……怎么问我多少钱？"

两辆车保持着相撞的姿势，停在三环辅路上，后面几辆车乱七八糟地试图绕过他们，人和车逐渐拥塞，像河道中有一处不被期待的礁石或岛屿。

女孩看上去很惊讶："啊？怎么是我的责任？"说完立即就哭起来了，虽然没哭出声，但眼泪是真的下来了，还不少。宋柯看见她头上的兔子耳朵晃得特别厉害，她应该是在忍不住的那种抽泣。

宋柯不明白她为什么哭，他想这仅仅是北京城每天会发生成百上千次的剐蹭事故中的一次，如果她不报警，如果他们也不报警，这次剐蹭甚至根本不会进入统计数据，每天不进入统计数据的剐蹭事故全北京又有多少起呢？

其实某个瞬间，宋柯也有点儿想哭，当然他没有哭。他懂得老宋口中"这是你的全责"意味着她得付出一笔钱，不过开宝马跑车的女孩就该付出这样一笔钱。宋柯还在卖酒的时候就已经认定这一点：开宝马跑车的女孩就该为劣质酒付出高价钱，但真相是她们从不付钱，自有男人为其买单。他还懂得，老宋口中“这是你的全责”还意味着他们不必为这辆已经行驶了二十多万公里里程的老车的维修费用担心，何况老宋认识无数的私人修车铺，他们有无数种方式让这辆橙色现代车恢复原状。

老宋此前事故造成的那些千奇百怪的创痕，都在私人修车铺那些幽暗的小工坊内被抹去了，车身总能以出人意料的速度复原如初。

但某个瞬间，宋柯的确感到自己鼻子跟着酸了一下，只是很快，那瞬间就过去了。然后直到他和老宋收了钱，离开，这期间，他都觉得自己一直在一个梦中游弋，梦里全是飞沙走石。

他隐约想起三年前老宋在平安大街的剐蹭事故，如果那次事故是自己人生转折的预示，那么今天的事故似乎也同样，只是他此时此刻根本无法知晓它将预示着什么。他只能等到某一天，等到时间已经过去，再以无可奈何的心情回溯，然后惊讶地发现一切都将归结到此时此刻，但那也不能怎么样，除了骇然于一切改变，竟然全都无可挽回。

事故发生之后，老宋大概说了很多话，宋柯大部分都没听。毕竟他一直在一脚一脚地轻轻踢着路沿的台阶，同时低头把手机贴在耳朵上。他应该报警的。但他没有，电话并没有接通，他遵照老宋的嘱咐，装模作样地做出很焦急地等待电话接通的表情。老宋说这样的用意在于——虽然他们不会让自己摊上责任，但进入交警的统计数据，总不是太好，一次两次是事故和意外，三次四次就不是了，而是必然，会存在必然发生的事故吗？他不确定。不过他以后会确定的。

于是，宋柯在不会接通的电话里听见的，只是突然而起的风声，或者根本就不是风声，而是连绵的车辆永不停歇地从他身边驶过时，轮胎摩擦道路的声响，他还能听见老宋嗓门里冒出的连风都吹不散的声音在嚷："报警还是私了啊？得，都是一样的，我开了几十年车，没见过你这样的，会不会开车？我们有行车记录仪的……"老宋嚷到嗓子都快哑了，宋柯才听清原来女孩一直在断续地呜咽着说："我只是往前开的……我不知道怎么回事……我没钱……这是我借的车……"

宋柯也不时抬头看一眼女孩。只能看一眼，不然他的鼻子就忍不住又会酸一下了——虽然她重新戴上了墨镜。

墨镜挡住了她大半张长脸，但嘴唇不知是厚还是一直噘着嘴的缘故，宋柯无端觉得她长得像“小美丽”。她偶尔会捂捂鼻子，像是流泪的地方是鼻子而不是眼睛。她看起来很努力地想把脸缩进粉红毛绒外套的立领里边去，她可能以为这样就能让自己躲起来。宋柯想：女孩们都爱粉红色，“小美丽”就总穿粉红色内衣。一边想着，他没握手机的那只手，就下意识往自己后腰那儿摸，他知道这动作在三环路边如果被人看见，会被认作不讲究甚至猥琐，但他控制不住自己，这时候他只想要找到自己的腰窝，立刻找到。但凡想起“小美丽”，他几乎条件反射般就会想去摸身上自己看不见的那处地方还有没有一个隐秘的凹陷，但他从未像那个时刻那样迫切需要确认腰窝的存在。他迫切希望那会越来越深的凹陷，深到可以把一切不能解决的问题都藏到里面。

宋柯打完假想中的电话，无所事事地只好抬头看着三环主路，中午十二点，长虹桥桥面上车速变缓，汽车开始焦躁地鸣笛，有些车窗打开，里面或许会有人瞥见辅路上出租车与宝马跑车的轻微争执，宋柯想“小美丽”也许就在其中一辆车上，正从桥上俯瞰着此刻的自己。他知道这不是他期待中和“小美丽”重逢的场面，因为他已经听见女孩断续开口说："我看过后视镜了……我也不知道怎么了……不应该……你看行车记录仪就知道了……"

事情比宋柯想象中了结得要顺利。宋柯想老宋一定没留意女孩头顶晃动的兔耳朵。他后来只能听见老宋一遍接一遍地追问她："你想怎么解决？反正警察来不来都一样。"老宋义正词严，简直称得上恩威并施。

不知怎的，她真的掏出钱包给他们看了，里面几张钞票薄薄的，都不用数。宋柯一眼瞥出，最多五百块钱，老宋大概也瞧出来了，说肯定不行，五百块钱不够修车费，他拉着啪啦作响的车门，说："姑娘，你借这么好一辆车，就好好开车啊。开车时看手机了吧？"

她盯着手机默不作声了一阵子，随后问老宋："能不能微信转账？"

老宋很不情愿地说："转账就转账。这天倒霉的……"一边挥舞着手机说："您就是用这玩意儿赚钱的吧？直播吗？我懂！但您这儿开着车还怎么播啊？啥时候都得安全第一是不？您这是遇上我了，就要您三千，两千修车费，一千误工费，我修车得好几天不是吗？要是换个人哪，嘿，您跟人掰扯去吧，我看您没有五千块这事没完。要不您就报案，让保险公司赔，不过误工费也得您自己出，保险公司不管这个，大哥没骗您……”

“大哥您别说了，本来以为这场直播能赚点儿，她们就是这样赚的……我才第一次跑路上直播……”她挥着手机，手机屏幕就一闪一闪地晃着宋柯的眼睛。

“你也甭委屈了，并线全责，这是天经地义的道理，姑娘，咱都是讲道理的人不是？老哥哥还得告诉你啊，天下就没有轻松的事，想轻省啊，还得冒险，你得面不改色心不跳，要不你怎么把别人的钱装自己兜里……”

宋柯听来这话很耳熟，过会儿想起来老宋今天刚对自己讲过。

女孩给老宋转账，密码输错了好几次，她微信里的余额不够三千，所以分了两笔，第二笔用的是支付宝，支付宝里也余额不足，好在支付宝还有“花呗”功能，可以透支。宋柯才知道原来老宋也用支付宝。他想：这老头儿一边说手机麻烦，一边还什么都玩儿上了。

老宋不知是不是调侃地说：“你这账户跟你这车不配啊。”

女孩哭丧着脸说：“我借的车……为了做直播……大哥你不懂什么是直播……但是我不是有钱人……我赔钱……我把钱都赔给你……”

老宋招呼宋柯，说："可以开车走了。"宋柯没敢去接老宋的眼神，怕自己绷不住。他知道自己目不斜视的样子会显得严肃，于是他就直直看着前方其实已经没什么车辆的三环路，慢吞吞地踩下离合器踏板。

等车开起来，老宋就说："你看现在这些人，拿手机自己拍自己就能赚大钱，还真是躺着就把钱挣了的事……要人人都想这么不劳而获，这世道怎么办哪？"

宋柯想自己应该高兴一点儿的，按照老宋说的，他们的车需要送去修车行，然后宋柯就能歇几天，这几天里，他就真的成了老宋正在不齿的那种"不劳而获"的人了，用女孩赔的钱充当份子钱。可是他高兴不起来，总觉得有什么事情没做完，又始终记不起来。老宋似乎并不觉得他们刚经历过什么危险的事故，他说话的语气听上去都像在评价新入手的核桃，平常中带着欣喜，以及一点点被克制过的成竹在胸的自豪，但凡人们谈起最熟悉的事情时，就会这样。老宋什么时候开始有这种语气的，宋柯记不清了，但仍记得自己小时候，老宋开上出租车以前，在酱厂开车送货，身上总是带着芝麻酱的甜香味。之后老宋下岗，母亲离家，再之后，老宋就开上了出租车。有过一段不错的日子，但年年岁岁地过去，老宋老了，慢手慢脚的，开始常出事故。

想着这些往前开，宋柯偶然抬头，却正好看见前方的电子显示器上司空见惯的交警提醒——三行金色的大字，每一个都像暖融融的小太阳，晃着宋柯的眼睛，他分毫也不敢闭眼，毕竟还开着车，那三行十二个字就一直像彩照底片在他大脑深处显影：并线事故，并线全责，拍照挪车。

宋柯和老宋去烤肉季吃的晚餐，并不如预想中美味，后海边的烤肉季里全是外地游客，门前买烧饼夹肉的队伍沿着烟袋斜街蜿蜒看不到头。小时候宋柯也跟老宋来吃过烤肉季，多数都是些值得纪念的日子。那时候后海不比北京城别的地方更热闹。冬天老宋会带他在结冰的湖面上坐冰车，老宋当然是掌握冰车方向的人，宋柯坐在冰刀上的椅子上，椅子上都裹着棕红或墨绿的厚棉垫。有时候宋柯以为会与别的冰车相撞，但在自己身后的老宋，踩着冰刀上的脚镫子，总能及时转变他们冰车的滑行路线，让局面转危为安。这就是宋柯记忆中他们父子最好的时光了。

但下午和宝马车的相撞没能转危为安，尽管女孩最终也不认为她作为并线的一方需要承担全部责任，因为事实也许就是这样——她并不应该承担责任。

“好在只伤了车，人都没事，就是万幸了。”老宋后来这样说，言下之意责任并不难承担，只要赔钱，听上去确实如此，钱能担负的责任总是容易的责任，艰巨的是那些钱也无法解决的疑难，比如寻找“小美丽”。但宋柯只隐隐觉得他们这一撞还是把自己撞出事情来了。女孩为什么会赔钱？她不应该赔钱的。“如果是我，我一定要报警。”宋柯想。但老宋又说：“她不差钱，你看她开的车，还有穿的戴的，哪一样穷了？又年轻，不禁吓，吓吓就掏钱了……”宋柯不敢全信，女孩的苹果手机是最新款，双面镜头，逆光拍摄也清晰。她自称是网络主播，和“小美丽”的职业一样，她们都需要一部好手机，而且从来机不离手，她的车上一定还有一根自拍杆，“小美丽”的书包里就总有一支粉红色的自拍杆。女孩在宋柯面前晃手机的时候，手机上毛茸茸的挂坠就像没着没落的流浪小动物一样，在寒风里飘来荡去。

那么，她是不是都拍下来了？或者根本不用拍？她其实一直就在直播平台上？

宋柯如愿休息了好几天。但没想到这几天他过得很累，因为从早到晚地在直播平台上，从一个主播室到另一个主播室，也没找到他想找的东西。他想花钱充点儿礼物去到更高级的主播室，户头上又没钱。女孩赔的钱都在老宋的微信和支付宝里。到后来他竟盼望着车快快修好，他宁愿去三环跑圈。

五

这段空白的记忆在很多天以后到底是浮现而出了，像是显影液中的胶片，在特殊药剂的淹泡中，终究还原出似曾相识的影像。那些人在宋柯看来也确实都似曾相识，他记得自己从前都管他们叫叔叔，他们是老宋在出租车公司的同事。眼下被警察问话的时候，全体能言善辩的司机突然都结巴起来。警察有十来个，都穿一色的制服，个子最高的警察说话声音却特别小，宋柯躲在自己的十来个“叔叔”身后，只听清高个儿警察的话里，一个接一个地冒出的词是“碰瓷团伙”。

老宋挨着宋柯站，宋柯几次试图去瞅老宋，老宋都躲开了视线。父子都不说话。但待会儿怎么跟警察说呢？宋柯拿不定主意。他想要是当初在视频网站上找到那个女孩拍下的视频就好了，直接给警察看视频，总比时过境迁后来描述一件事来得容易——难怪人们都喜欢看视频和直播呢。

宋柯能记起的部分是：自己左手扶方向盘，右手折到后背，隔着衣服，没能摸到腰窝，心里慌着神，担心着腰窝怕是真没了，嘴上不由自主说着“这是第五圈了都……”。

老宋答：“你小子还是沉不住气，听人一嘴劝，这事不难，难就难在找目标，你别光点头，你真懂什么是目标吗？你手别老往后腰拐啊，到时候还得两个手来才成，眼明手快，干净利落，目标来了，那一下，你可是反应不过来的……”

宋柯斜了老宋一眼，干脆松了方向盘，松了油门，两手举在半空，就这么让汽车滑行——这就是“不准备合作”的意思了。

“嘿——”老宋赶紧探过身，从旁扶稳了方向盘，才说，“开什么玩笑，你还是不懂，这一下，能让你赚个三五天的份子钱，没问题，然后你就能歇个三五天了，你不就盼着这个吗？”

宋柯这才握住了方向盘，说：“你确定？”

“你这问得就没意思了。我们都要老老实实的，但人家不老老实实的，老老实实的人怕就得饿死了，你以为我不想歇着？就是歇不起，从早干到晚也得饿死，你知道‘马无夜草不肥’是啥意思吗？你知道你一说不干了我就直打哆嗦吗？……”

“你原来就这么干的？上次……”

“那倒没有……”

“你就是这么瘸了腿的？”

老宋说：“你别停啊，接着走啊，你看你把后面车都堵了……”

宋柯慢腾腾挪着车，后面车辆的大灯猛闪，像有无数个闪光灯追着他们拍照。他也不提速，视线里倒是忽闪忽闪着，仿佛是当年的自己站在酒吧吧台的追光灯下。那时候他很瘦，就连认识“小美丽”的时候，他依然不胖，身材大概是“小美丽”最关心的事情了。他问过她，胖一点儿有什么要紧，有没有腰窝又有什么要紧，反正别人也看不见。“小美丽”就撒娇了，她很会撒娇，说她能看见，她还能摸到他的腰窝。说完把手伸到他的后腰那儿，轻轻掐了一把。他反手到身后抱住她，她笑得停不下来。那是最好的时候了。

然后“小美丽”说：“就算没人看见，还是得克制。有时候你以为多吃一口没事，但一口又一口，你就完蛋了。腰窝没了，你觉得不要紧，没人看见，但马上你就会发现，哦，完蛋了，什么事都是这样，有一就有二，有二就有三，就像我跟你，以为没人知道，结果我马上就发现，哦，完蛋了……”

他只好吻她，封住她刚说过完蛋的诱人的大嘴唇，好像这样就能避免完蛋一样。根本不可能避免。

想到“小美丽”，宋柯就觉得自己真是累了。老宋打开一瓶水递给他的时候，宋柯就问老宋：“那辆白色越野？”

“不行，越野结实，我们扛不住。”

“那个小货呢？超速了，五菱宏光？”

“不成，上回就被五菱宏光弄伤了，我忌讳……”

“你还说上回不是？”

老宋不接话，宋柯又问：“尼桑呢？红色的，不结实。”

“开尼桑的都没钱。”

“那你找什么？”

“大众可以，那儿有辆甲壳虫。”

“甲壳虫没违章，你不说没轧线的车我们不能动吗？”

“也是。嘿，这个成，别躲，红色宝马，它正轧线呢……我的个乖乖，送你的礼物来了……”

宋柯还记得，当时自己正在喝水，撞击发生的时候，他刚好含住了满口的水，没能咽下去——他看起来一脸痛苦，满眼疑问。

神　龛

小汽车是新买的，红色，因为她曾对他无意说过好几次，只有红色才是汽车该有的颜色，于是他想都没想就挑了辆红车，两厢的，很小巧，关键是便宜。

他领驾驶证的时间是五年前，到六年，就该换一个新的驾驶证，不过现在这个也还很新，几乎没拿出来用过，因为他刚刚才有了辆汽车。他对汽车的需求看起来没那么急迫，上下班有班车，算大公司的某种福利，不过结婚后他时常说到买车的事，说多了，她就觉得他确实想要一辆车。再说他已经摇中了牌照，在北京这多么不容易，“那就没办法了，我们必须买车了”。他知道摇中牌照的消息后是这样告诉她的。

第二天，他就在午饭时间去了4S店，给小车交了定金，他一个人去的，因为4S店离她上班的地方很远，离他上班的大楼很近，他原来就经常在午饭后去那里看车。

驾驶证躺在仪表盘上，封皮的烫金字在汽车前挡风玻璃上闪着细碎的金光。五年前那会儿，她还不认识他。那时他在上大学，她还没有到北京。他周末乘公交车去驾校学车，听他说是个冬天，还有，中午的驾校食堂总是提供冻成一坨坨的冷汤。

"它真好看。"他把袖珍的汽车开到她面前的时候，她由衷赞叹。

然后她就不打算继续称赞它了。她也没想到他还给它取了个名字——小红，想不到他还会做给汽车取名这种事情，像那种很会逗姑娘开心的纨绔子弟。事实上，他很沉默，有时候内向，不熟悉的人会以为他冷漠，男人有这种特质其实是可靠。她是他的第一个姑娘，嫁给他是可靠的，让她有安全感，跟有钱没钱关系不大。他和他的父母，也确实都没太多钱。

"小红"，这真像个穿红棉袄的胖丫头的名字，她恍惚记得这样一个胖胖的小女孩的模样，三四岁？五六岁？想不起来了，印象深的，是胖女孩总是把自己的大拇指当零食，吮吸起来津津有味。

“它是‘小红’，那我呢？”她娇嗔着问他。他值得她以这样的娇嗔对待，因为他为她负了债，尽管并不是太多。她惊讶于如今十万块就能买来一辆车，那些年十万块都能买个老婆却买不到一辆车，买老婆比买车容易，只要有人给你介绍那种人，专门做那种买卖的人。

总之，他用了支付宝或者别的什么小额借贷，加上存款，就搞定了一辆车。他收入还可以，只是没什么存款，因为结婚的时候用掉不少——包括那套紫色系的婚纱照，花了一万块，他说值得。这几年又一直给他父亲花钱治病。不过他一如既往地能搞定一切，她从认识他的那天开始，就对他深信不疑。

“你是……大红？哈哈……”他兴致很高，竟然开了个玩笑，她假装生气，他替她把身上红羽绒服的拉链往上拉了拉。“今天有风，拉紧点儿。”随后他提出，他们应该去那里，开“小红”去，带着“大红”。

她知道他说的是哪里——离北京不远，开车几个小时（她记得需要这么久的，后来发现其实用不了），稍大一些的地图上都不会有的那座村庄。那里成排的平房都像盖了几百年了，红砖都变成黑砖。十几户人家，每家炕上都蜷缩着几个常年不洗澡的老人，见不到年轻点儿的。乡级公路像锈涩的锁链，将整个村庄层层锁起来。村庄周边倒是有水，是一个很大的湖，但大部分湖面时常干涸，部分形成沼泽，长满水葫芦。不过这么大的湖，在北方到底也少见。通往村庄的唯一的路，是一条乡级公路，公路只能弯弯曲曲地修，才能绕过那里复杂的地形。

他拍着“小红”的前车厢盖（她不知道那是不是该叫前车厢盖），似乎是前车厢盖给了他灵感，或者让他做出决定：“明天就去，明天是周六，你可以请一天假的，今年你还没有请过假……”

“我不知道，可能，我得问问蓉蓉，如果她不用带孩子，就能跟我换班，但是最近她也挺难的，总说孩子发烧……”

“嘿嘿，别提什么蓉蓉了，你想去吗？你想去的话，这都不是问题，不就是一天不去干活吗？扣钱就扣钱。”他更用力地拍着前车厢盖，显得说话的口气，比他想要的口气更大。“我们有车了，现在。”他接着说。

“那……我想一下好吗？要不……好吧。”她绕着“小红”慢慢走了一圈，本来她以为自己还没法做决定，但是这辆有名字的车，似乎让她自信了，因为她听出自己的口气也变大了。

她给蓉蓉发信息，问明天能不能替替她。她称蓉蓉为“亲爱的”——稍后蓉蓉回复的信息里，也同样以“亲爱的”称呼她。她觉得肉麻，有点儿吧，她并不爱那些姑娘们，但都得这么称呼她们，算是某种约定俗成的规矩，任何地方都有自己的规矩。

出发后，先走高速公路。高速这一段，他很有把握，已经在地图上研习了多年。不过下了高速，他就不认识路了，先按照路牌指示，左转了两次，后来路面越来越窄，经过了一辆马车后，就再没出现过路牌了。他就请她指指路。

“亲爱的，可以先说好吗？有件事……”她说。

尽管无论他答不答应，她都得带路，她从没有拒绝过他，因为他从来也没提出过让她产生一丁点儿想要拒绝的想法的过分要求。他们就是这么般配的一对。

她说：“到那里，我们不下车，就在车上看看，好吗？”

“听你的。”他转头冲她微笑。他右手放下来，捏了捏她的左手，又回到方向盘上。

“到右转的口子那儿，我告诉你啊。”她说。

“没问题，我都听你的，肯定不会错，这条道你得记一辈子……”他平视前方，表情严肃。

“现在是记得的，不过……”她抿了抿嘴唇，咬下唇上几块死皮。从前她在南方，嘴上从来不长死皮。后来到北方，开头三个冬天，连手心都干裂了。裂口沾凉水，就像用力握一把钉子。

她接着说："其实我不想记得，记不得最好，忘光光……"她想起那个时候，如果那时候就知道这条路是怎么弯曲怎么延伸出去的，就好了。

"你还是应该记住的。"他开车的样子她还没那么熟悉，很新鲜，她喜欢他的侧脸、正脸，还有后脑勺。

她觉得他开得太快了，"太快的话，我可能会错过那个路口。"她说。

"一点儿也不快，老婆，你是汽车坐得太少了，私家车，小汽车，当然比公交车快。"他说。可能他的右脚是不由自主用力压了压油门的。她听到轰的一声，脑袋一下子向后仰去，直到后脑勺被座椅头枕稳稳抵住。

不过，这感觉真不错，她想。

他开始表演性地驾驶了。刚刚开车的人是不是都会这么干？轰油门、加速、打方向盘，迅速超过那辆牛车，又反方向打方向盘，回到路中央，在减速带前猛踩刹车，她往前探出去半个身子，随即又被安全带拽回来……连贯的动作，十分流畅，像每天都捏着方向盘的那种人，也许他天生就适合握方向盘。

他其实掌握的是键盘。他是程序员，这比开车更需要头脑，听起来也更高级。不过他不算那种顶尖的，只是最底层的程序员。他毕业的院校不好，按他自己说的，“其他人都是清华北大出来的”，但他很努力，在一座伟大的摩天大楼里有一个小小的工位，以及一个大大的前景。编程时他总是戴着耳机听“雷鬼”音乐。他给她听过，只是几个音符，就把她吓得尖叫。这跟她心目中理解的音乐完全相反。这也跟她心目中的他，完全相反。他确实有一些方面是她无法了解的，不过那都不算什么，重要的是，他对她好。他很瘦，个子也矮，穿上鞋也不及一米六，体重勉强一百斤。他的同事们，她见过的那几个，都跟他差不多，又瘦又小，一样没什么头发。偶尔，他会做出让她意外的事情来，这种事情里有浪漫的成分，通常能让她打心眼儿里高兴，比如他为她专门写过一个小程序，如果输入“谁是世界上最漂亮/温柔/可爱的女人”，结果都会出现她的名字。他们刚刚新婚半年，没有自己的房子，她从没奢望在北京有自己的房子，但他们在一套三居室里独立租有一间房，主卧朝南，在冬天，阳光可以斜斜地穿过整间屋子。

那座村庄最醒目的标志，是两侧各有一座山包，村庄就在这两座山包间。华北平原，平地冒出山包，就算矮得像小坟，也很容易找。

但这条路会骗人，因为路上接连有几个S形急弯，你以为是冲着山包间过去的，到跟前才会发现，乡级公路把你带到了刚好相反的方向。这也是她花了那么长时间才走出来的原因。她总是往离开山包的方向走，好几次都以为自己快要到了，那都是些夜里，实际上这里的夜晚你根本看不清路面。当她远远看见槐树的影子、树下看门人坐的那把破椅子，又闻见秸秆燃烧的熟悉的臭味的时候，她第一反应都以为自己已经走到了其他村庄——她从没去过的某个附近的村庄。夜晚总让人产生幻觉。

当她还顾不上欢欣雀跃并用最后的力气跑过去的时候，才能在月光下认出那棵槐树、烂椅子、秸秆，还有那只满身长癣的黑狗——正趴在椅子边上睡觉，口水流了一地。黑狗白天总在村口徘徊，曾经冲她发疯般狂叫过……那几次，当然，她都没走出去。

黑狗也许是看门人的。村庄当然需要一个看门人，以防她这样的女人跑出去。看门人有点儿傻，她从他的眼神里猜的。但也许他不傻，因为他后来给她指过路，准确说是他教给她一个口诀。

她这才知道，按正确的方向走出去的关键，是一个祖传的口诀。当地方言她不是那么懂，但那时她已经能连猜带蒙地弄懂这个宝贵口诀的秘密。

他开了两个小时的车了，现在是中午，太阳最高的时候。她担心他有点儿累，他总是睡得太少，他说公司里所有人都这样，要想让生活更好点儿，加班是最简单的方法，对程序员来说。

他打开了车上的 CD 播放器，“不用休息了，我们得赶路啊，我听点儿歌，提提神就好了。”他说。他只带了一盘 CD，当然还是那种吓人的“雷鬼”音乐。不过现在，她装作并不讨厌这种音乐了，因为她爱他，爱就是这样，接受他的一切。仪表盘上全是按钮，小小的指示灯一个个都是椭圆形，像萤火虫的尾巴发出橘黄的微光，连成一串，很漂亮，也复杂，所以她一个按钮都不敢动，怕自己不懂，然后弄出什么不好的状况来。

下了高速公路，又走了一小段国道，他们给“小红”加了油。

在加油站，他差点儿跟人家打起来。她从没见过他这样子。她也不明白他为什么一定要让人家把汽油灌进“小红”后备厢内那个塑料桶里。她甚至不知道他什么时候在后备厢放了个塑料水桶，大号的，跟她用来洗墩布的桶差不多大。她猜可能是带上汽油备用吧。他总是会准备用品的。他们的毛巾、牙膏、洗发水这些东西，除了常用的，也始终有套没开封的，整整齐齐码在衣柜里层的储物箱内备用着。她就没这种好习惯。

加油站那个工作人员又高又壮，身穿油渍斑斑的天蓝色制服，肚子前几颗可怜的扣子，几乎扣不住。他说着当地方言，就是她能听懂的那种方言，她想这意味着他们离那座村庄已经不远了。

“那可不行，不能把汽油加桶里，92 号不行，95 号也不行，这是犯法的。”

“没人知道。”他很镇静，一本正经，甚至有点儿严肃，他跟陌生人说话时就会这样。

“你说什么？”

“你加一点儿，没人会知道。”他说。

工作人员开始冷笑，她觉得那笑声非常吓人，像他知道了他们最大的把柄，然后通过笑声表示“不可思议”“你是傻帽”或者“我看不起你”的意思。

她去拉丈夫的衣角，悄声说着：“算了，算了。”

油箱如果加满的话，汽油该是足够了。不过那村庄那么偏僻，前面是肯定没有加油站了。其实她不记得前面还有没有加油站，五年前她还不关心加油站。现在她会关心了，因为他们有车了。

他握着拳头，两只手都握紧了，说：“没什么不能加的，我知道。”

“你小子有毛病吧？还加不加？不加赶紧滚。”那人不知道为什么凶巴巴的。

“你嘴巴干净点儿！”他没滚，反倒往前跨了两步，挥起一只拳头，她觉得丈夫是要去揪工作人员的衣服，不过对方太高了，他到底放下了拳头。

“你搞清楚，这是加油站，加油掏钱，这个，”大个子拔出加油枪，用加油枪指着丈夫的鼻子，“该往哪儿插就往哪儿插，不是你妈的随便乱插的！”

现在，她丈夫真火了，她还没明白他想干什么的时候，他已经冲着大个子过去了。

大个子利落地往旁边挪了两个小碎步，躲开了他。他直接扑倒在地，嘴里骂着她听不清的脏话。

“油箱我可是已经给你加满了。”大个子把加油枪挂回那个机器上，变得温和了不少，“我说兄弟，好了，好了，别怪我，你不能让我干犯法的事啊，这可是国家规定的，汽油不能往别的容器里灌，你看那是什么？摄像头啊，谁敢乱来？这又不是我规定的，你冲我来算什么啊？你说是不是？”

他有点儿反常吧？离开加油站之后她开始这么想，不过，也是情有可原。

她自己可能也有点儿反常，只是自己意识不到——那些反常的事通常就会这样。要不之前有两次，她计划晚上要逃出来的时候，那些人怎么提前就有预感呢？“小婆娘这两天看着就怪，顶不顺眼的，估摸着是想溜，蠢货！”所以那些人才会把她绑回去，用黑色宽胶带把她两脚缠一块儿，进屋后她会被两个男人扔炕上，饿上三四天。“不能再饿了，饿坏了就没用了，生不出孩子了……”一次她昏昏沉沉的时候，听见不知哪家的老人在屋外嘟囔。

现在，她发现自己不用口诀也能找到正确的路了，原来这里发生的一切，五个月零七天里发生的一切，她根本就没忘掉一点儿。到她能看见两座形似乳房的山包的时候，记忆就扑面而来了。她其实也不想记那么清楚。

深秋的北方农村，路边晾晒着刚从地里拔出来的花生。泥迹斑斑的花生果和叶子，那么多，可想是不值钱的，谁都可以顺手拿走几株。这地方没什么值钱东西，哪家都有这么多花生。他们缺电器，缺钱，缺各种有商标的东西……缺女人、年轻女人、能生孩子的年轻女人……唯独不缺花生。她试过这事——偷花生。起初很忐忑，毕竟从小到大就没偷过东西，从小到大什么东西没有还需要偷呢？她是独生女，掌上明珠，父母做餐饮生意，虽是小买卖，但什么也没缺过她。只是那个时候，又饿又冷的那个时候，她必须偷花生。不过，那时她倒不像最开始的时候那么害怕了。她已经知道，更可怕的事情是饿，她就怕饿。她是川菜馆老板的女儿，从来就不需要说“饿”字。所以，走之前偷几株花生又能如何呢？那个时候顾不了那么多。路上她就可以剥花生吃了，这像是一个活下来的办法，她记得她把棉袄罩面扯下来，裹上花生，连带着叶子和泥一块儿拎着走。后来花生没吃完，扔了，但两手全弄上了黑泥，脸上可能也有，但她没镜子，又是夜里，顾不上脸了。五个月零七天里，她就没照过一次镜子。

“镜子？有什么用？不要想自杀。”那家的人，都是这样对她说的。

撕开红色罩面后，剩下的棉袄芯子，她直接穿身上，因为真是太冷。棉袄芯子是一种奇怪的灰色，陈年老棉花的颜色。不知道多少人穿过，在她之前，棉袄是那家的老太婆在穿，她来之后，老太婆就做了件新棉袄。

幸好棉袄芯子是旧的，灰色能让她在夜里不那么容易被发现。

“亲爱的。”她说，因为她不愿意把这一路的时间都用来想生花生的味道或者那件破棉袄了。“亲爱的”，她很少这么叫他，不过她很愿意这么叫。

“嗯？”他心不在焉地哼了一声。他衣领上有刚刚摔倒时弄上的尘土。她想等他停车后得替他拍拍，但现在不行，因为会影响他开车。

“没事，”她还没想好怎么说，“你没事吧？”

“我没事。”他短短地笑了一声，有点儿紧张，可能对路况不熟悉，开车的动作也显得慌乱。“我……”他又停了一下，汽车颠簸起来，路面坑坑洼洼，“你确定是这条路？”他问。

“确定，”她说，“亲爱的，你，好好开车，好吗？”

“我就是在好好开车。”

“我是说你好好开车，我指路，我们说好的，其他的你不要想了，好吗？”

“我什么也没想。”

“你想了，你刚刚还问我，是不是这条路？”

“我没想，我能想什么呢？”他笑起来，汽车弹了一下，让他的笑声在中途就被噎住了。她猜他现在不是太舒服，但应该也没到难受的程度。

他说：“再说，想什么都能开车，不影响。”

听他这么说，她有点儿着急，说：“我求你了，好好开车吧，我们去一下，我们说好的，去一下，什么也不做，就往回走，好不好？”

“当然，我答应你了。你还在担心什么？”

“我，有点儿担心你。”

“奇怪，你怎么会担心我？这是我第一次去那儿，我们以前就说好，得走这一趟，不是吗？……”

“你差点儿跟人打架！刚刚！”她声音大了些。那种奇怪的音乐不知道什么时候停止的，可能那张CD放完了。透过没来得及贴膜的车窗，她看见干枯的树枝在半空中勾连，枝干交接处的黑影，是候鸟远飞后废弃的鸟巢。

“没有——没有——”他放慢语速，“一点儿小摩擦，男人嘛，常有的事情。”他伸手摸了摸她垂在肩上的马尾，“放心吧，我没事，倒是你……”

她用眼神求他，想让他把手放回方向盘上去，这样太危险，他这样做之后，她才继续说："我怎么了？"

"你没事吗？一点儿事没有？"

"我……"她忘了身上还系着安全带，一时竟想站起来，但又被弹簧带子扯回去了。这东西真碍事，不过她还得乖乖系着它。

"亲爱的，"她重新坐稳，才说，"我知道你也担心我，不过，我想，这么久了，我应该，应该比你想的要好，不是吗？我们现在这么好……"

他突然捶了一下方向盘，喇叭声真刺耳，她吓了一跳，扭脸看窗外，路边几个人站成一排，像树枝上的麻雀，统统灰头土脸。他们抄着胳臂，扭头盯着汽车看，好像他们根本不认识汽车一样。但她清楚，他们当然认识汽车，他们只是不认识车上的人。在这里，每个人都是熟人，每一家都是亲戚，像拼图游戏，你随便拎出哪片拼图都会牵带出相邻的几片。他们有一种统一的眼神，是专门用来看陌生人的，真是奇怪的一致的眼神。

"他妈的，看什么看，"他开车超过了那几个人，轻声骂道，"有时候真生气，真的……"

"别想了，我都说了别想了，我都不想了。"她很小声地说，有点儿没底气，连自己都差点儿听不见的那么小的声音。于是又没必要地补充："本来好好的，你非要让我想……"

"我不好，怪我不好……"他开始哄她，像所有那些需要他好好哄哄她的时候一样，但又不太一样，因为，"我想不开啊"，这话一不留神就从他嘴里出来了。

"他们打你吗？"结婚前，她向他坦白五个月零七天的经历，他就这么问过。

这是她必须做的，亲口说出来，让他知道她的一切。她想过他会无法接受，就像她之前经历的那几个男人一样，他们无一例外，在听她说完那些事后都保持住了迷人的微笑，有的还会说点儿好听的话，安慰她，比如反复说着"一切都过去了，现在没事了"。

一切也确实过去了，包括说这话的那些男人们，也都过去了。他们不应该被责怪，她想。被拐卖过的女人，自己跑出来，在北京漂着，做着餐饮的工作——这样的女人不该责怪被她吓跑的男人。

对他也一样。他一开口求婚，她就答应了，因为她以为这不过又是重来一次，结果不会有什么不同——他会在知道那些事后，冷落她一段时间，再找个性格不合之类的理由，就能漂亮地、果断地、毫无负罪感地甩了她。

她也没法判断那算不算一次真正的求婚。是去年，大风天气，她在自己工作的饭店，跟他吃火锅，不是吃饭时间，店堂只有他们一桌，于是显得更冷。涮羊肉的铜锅烧得很旺，总让她想起南方火锅里的牛油，她想起自己很多年都没有回过南方了。没脸回去。

她突然就听他说："天气这么冷，我们，以后要不……一起过吧？"

"我们本来就一起过啊。"她说。在北京，昂贵的房租让他和她这样的男女都以最快速度开始同居生活，是啊，同居多好，房租减半了，吃饭可以炒两个菜了，下班回家还有人做伴了。

"我是说……"他吞吞吐吐，"是真的一起过，不是现在这样，是以后都要一直一直一直地一起过……"

她迅速明白了他在说什么，她可能比他更明白他在说什么，"我想，好的，你是说结婚吗？我们？你在点头吗？好的，天啊，当然……"她没想到自己比他还语无伦次，她一直是两人中语速更快、话也更密的那一个。

之后她等了两天，才跟他说了那些事。不是犹豫，而是她舍不得他。或许他会跟前面几个男人不一样？她不是没这么想过，但又不敢真的这么希望，她害怕的还是相似的失望。

“我 × 他妈！”那时他还没听她讲完，就开始骂，停都停不下来，他第一次在她面前骂这么多这么脏的话。她想：这次一定不要哭了，以后也再不能想结婚的事情了，因为结果都一样。

好吧，又结束了，这次。她想，但没说出来。

他后来再也没有像那时那么失态，她当然不会计较他的反应。他还年轻，没经历过什么事，连云淡风轻假装镇定的功夫都还没学会。他值得拥有一个单纯可爱与他一样不谙世事的姑娘，那种姑娘都会穿粉红色连帽衫、白色蓬蓬裙和黑色系带皮鞋——过去她在南方就这么穿。

骂不出更多的脏话了，他有一阵子没开口，待开口就是问她：“他们打过你吗？打哪儿了？”

她没反应过来，他的思路貌似跟前面那些被她吓跑的男人有些不一样。他连问了好几遍：“他们打过你吗？”

“我……”她半信半疑地说着自己都没那么相信的话，“没有吧，我想。”

“我不信！”他松开她，“真的没有？电视上都演过，那些买卖人口的都是禽兽。”

她就哭了，真是忍不住，那些人确实都是禽兽，不过村庄里的老人还会偷偷给她吃的，哦，还有小红——那个胖姑娘，给过她一块威化饼干。

她告诉他，她其实不记得那些打骂了，家常便饭一样的，谁会记得家常便饭？记得最深的是饿，没饭吃……

“所以我这几年一直在饭店工作，饭店管饭，再也饿不着……”她又笑了。她想：看来自己都学会自嘲了。不过她脸上还挂着眼泪没擦，于是她又哭又笑。

“我肯定不会让你饿的。”他说，“我一定要带你去那个地方！收拾那些禽兽。我们要张牙舞爪地去，不，不对，要轰轰烈烈地去，也不对……反正，要去一趟……”

她以为他不过说说而已，男人在关键时刻的豪言壮语，都是当不得真的。没想到他从来就把一切当真，没想到他真的开始准备买车，没想到他们真的会有去那里的一天。所以，她把他的豪言壮语也重复了一遍。“× 他妈，可是你爱上她了啊，”他在涮铜锅的那边自言自语，“可是你爱她啊……”锅中升起的水蒸气缓缓上升，在他们的头顶上方开始回旋，不安地飘来荡去。

他摘下眼镜，挤着小眼睛，撩起桌布一角狠狠地擦着小小的镜片。

他们貌似迷路了。她好像记得那条路，又好像不记得。

“等到看见那些槐树，我就能知道我们走得对不对了。”她向他解释着，以免他开始着急，他有时候性子会挺急的。

有一次他来饭店找她，几个吃饭的人正好开着她的玩笑，拿烧饼和她的胸部做比较，他就急了，走过去拍桌子，掀翻了一个小盘子，盘子碎了，他赔了钱，但他拒绝赔礼道歉。她向顾客道了歉，多送了份果盘，那几个人不情不愿地买单，抹去了小票上的零头。

“我们应该停下来，找个人问问路。”他说，“破地方的人都死光了吗？”她还以为他又要开始骂人了，但没有。

她说：“大方向肯定没错，我打死都认得那两个山头，真的，就是好像房子比以前多了些，还有这些地都是荒的，以前不是荒地……”

“前面好像有个小卖部。”

“没有吧？哪里？我怎么没看见？”

“开过去就知道了，我见到‘小卖部’几个字了，没事，我们就过去，问问路也好。”

他说得没错，绕过门前站了头灰驴的人家，真的出现了一家小卖部，尽管只是一个小小的窗口，眼见得店内空间也该很小，他让她留在车上，他下车去问。她同意了，留在车上看他走进去，他的背影小得可怜。

店内黑乎乎的，也不知道有没有人。这里似乎除了那几户新盖的房子和那头驴，见不到一个人影，像荒废了很长时间。

他很快就出来了，手里拎着些东西，她不知道他买了什么，可能是吃的，她想。他总是给她买吃的东西，好在她再怎么吃也没变胖，是胖了一点点，但在他和她都能接受的程度内。

他没把东西给她，而是打开后备厢把东西放进去了。

“你记得没错，就是这条路，再走一段就到了，”他上车，启动车辆，说，“是变样子了，难怪你觉得看着不像，那个老板说的。”

“是吗？也该变样了，五年了都。”她说。

“没什么人了，主要是这地方快没了。”

她没接话，那些零星的人影在脑子里拥挤不堪，老迈的那几个，该早就入土了吧。年轻点儿的，该出去打工了。孩子们呢？不，不要有孩子生下来，如果有了小孩，他们的母亲就逃不了了……

她闭上眼睛，竭力让自己不去想那些面孔，这是她五年来学会的最有用的技能，她可以想好吃的，想漂亮衣服，想手机游戏，想综艺节目，可以想毛肚在麻辣牛油火锅底料里滚上七八下夹出来在蒜泥香油里过一遍，想黑森林蛋糕上的巧克力碎皮在室温下慢慢融化成巧克力酱，想一瓢热油淋上二荆条辣椒那刺啦的一声……反正她可以想这世界上活色生香的一切。

她睁开眼睛的时候，正好看见那棵槐树，惊讶地发现这树竟然一点儿没变。

他就把车停在树下，这里是村口，也是道路的尽头。

“然后呢，怎么走？”他慢慢往村里开，路面只容一辆车经过，路两旁的枯枝扫过汽车窗户。他得让汽车避开路旁的杂物。

“绕一圈，就出来了。”她用手画了个半圆。

“那家怎么走？”他说。

“不，我们不去那家，”她深呼吸，接着说，“不专门去那家。”

“要去的，我就是冲那家去的。”他摁了下车喇叭，“怎么见不到人？”

“你别摁，嗯，就不去了吧，”她有种不好的感觉，“我，我不记得是哪家了……”

“不记得？怎么会不记得呢？”

“就是不记得了。”

“我再往前开开，也许到门口你就想起来了呢。”他往右边的岔路转过去了。

“都没什么区别。”她小声说，怕惹怒了他，他似乎仍在加油站小小摩擦带来的沮丧中。

“也是，破房子，都没什么区别……”道路越走越窄，他只能往后倒车，退出来。

“别往里面走了，我们就走大路，绕一圈，就出来，好不好？”她说。

他专心致志倒车，这不是容易的事。

总算退出小道后，他干脆停车，熄了火，两手捧着她的手，把她的手焐得很热，他说：“你别怕，没什么好怕的。”

“我不是怕。”她摇着头。

“你没告他们，那会儿，你说不就是因为怕吗？怕他们报复？”他说。

“那是那个时候，现在我不怕。”她没说谎，她现在感觉什么也不怕。

他愣了下，似乎不明白她的话。然后他开门，下了车。

她从后视镜看见他走到汽车后头，打开后备厢，拿了些东西。后备厢关上，砰的一下。她打了个激灵。

她以为他会把东西递给她，但没有，他绕到车前。她透过挡风玻璃看他。

挡风玻璃小小的曲面，让她觉得自己正在看一部电影，他是唯一的演员。

他从白色塑料袋里拎出一个金属桶，像一桶奶粉。

她大声问："这是什么？"

他没听见。她看见他把塑料袋扔到路边，踢了两脚。

她打开车窗，探出头去，又问了一遍："你拿着什么？"

"油漆——"他大声答。

"什么？"

"油漆。"

"什么油漆？"

"红的。"

她不明白，他拿一桶油漆做什么？他看上去有点儿兴奋了，像他写完一个漫长的程序即将按下运行键的时刻的那种样子。

她又问："你要干吗？"这次他没答，他忙着打开桶盖。

她干脆也下车，走到他身边。她想：现在自己跟他一起站在电影画面里了。

“正好，帮我拿着，我来打开它。”他让她抱着油漆。她喜欢红色。

“你要做什么？”她问。

“我要给那家人泼油漆。”他说。

“什么？为什么？”

“因为加油站那人不给我汽油！我本来要泼汽油的，我本来要烧了他们的……”

油漆桶差点儿掉地上，还好她没松手：“不要，天啊，原来你是想这么干，危险……”

他弄开了盖子，油漆洒了些出来，滴在她红羽绒服的前襟上。

“给我吧，该死，弄你衣服上了，来，给我，你去好好看着就行……”他接过油漆桶。

她想劝他，但什么也没说，毕竟桶里不是汽油。

他指着离他们最近的一间小破房子问她：“是这间吗？”她摇头。

他又走了两步，指着下一间，问她同样的问题，她也跟着走了两步，然后摇头。

他接着往前走过去，指着每一间房子这样问她，她接着跟他走过去，接着摇头。

后来，她不摇头了，她拉了拉他的胳臂，示意让他往回走，她说自己有点儿冷。

他没再坚持，犹豫着跟她往回走了几步。

她说：“泼哪家都一样，泼吧！如果你想这么干……”

他迟疑了一下，单手拎着油漆桶，让桶慢慢倾斜。

他们往汽车的方向走。远远看过去，他们的车红得耀眼，仿佛项链上的红宝石挂坠。

红油漆滴了出来，不浓稠，像清汤寡水的粥。

他把红油漆滴了一路，淋淋漓漓。最后还剩了些，不那么容易滴出来了。他看了一眼桶里，紧接着，他把油漆桶狠狠一甩，动作像在抛掷很重的什么东西。金属桶飞出去了，剩下的油漆，在半空就甩了出来。

瞬间，她看见好几家的窗户上，都溅上了红色的点，看起来真有些恐怖。油漆桶砸在一面墙上，落在一堆垃圾上，她想起来这是他们扔垃圾的地方。哐啷的声响，惊起了一阵子狗叫。那只长癣的黑狗，也早该死了吧？

他现在可以拉她的手了。他们一起不慌不忙向汽车走去。她闻见垃圾堆的臭味，还有一些油漆味。有杂乱的声音隐约传来。很远的路上，依稀能看见几个深色人影。

她忽然想起他们在拍婚纱照的夏天，她扶着他的肩头，向后微微跷起一条小腿，白裙子落在小腿肚上，一阵酥痒。他半蹲着，这样他脑袋的位置就刚好卡在她的胸部以下。“这姿势好难。”他笑道。她也这么说，不过，他们都坚持住了。只是她的笑容有些僵硬。摄影师不停要求他们大笑，“露出牙齿那种笑，还不够，再笑。”她那时知道原来一直笑是这么难的事。

“你再笑得狠一些就好了。”后来看照片的时候，他这么评价。

“不敢笑那么狠啊。”她说，“怕脸上的肉都变形，很难看。”

“怎么会？”

“是吗？其实我平时都不敢笑太狠。”她说。

“为什么？”

“因为现在我一定走了大运，怕笑得太狠了，好运气随时会用光。”

走到“小红”跟前，她回头看了看，路边洒下的红油漆，仿佛一条弯曲的血管。不过，这跟她都没什么关系了。

“我好像已经不恨了……”她想：是啊，怎么就不恨了呢？不过刚刚他什么也没问，她也就没说。她知道，也许是因为现在，比起她自己，她有了更想守护的。

回到车上，她重新插上安全带插口。黑色弹簧带勒上她蓬松的红色羽绒服。黄昏，有金色夕阳低斜着照进车内，一天中最温暖与暧昧的时刻。

她两手就按在安全带勒住的地方，按在那里，很久也没松开，仿佛肚子里有座小小的神龛——肚子里确实有个小生命。

那个小东西，让她全身都暖和起来了，她也闻不见垃圾的腐臭了，现在，她闻见的是新车的皮革气息，是春天里那种生根发芽的味道。

驾驶座那侧的车门敞开着，他握着车门把手，像要关门，又像是开门，他来回拉动车门，仿佛难以做出某个决定。

时间是下午五点，他觉得自己似乎站在一个巨大的门槛上，既无法通过，也无法回头。

小长城

一

“他们每天都用水冲地板呢。”秦妈对女儿说，两眼不自觉就瞄向女儿身后，她瞄见的是巨型扶梯光亮的金属外立面，秦妈在上面能大略看清自己的身形轮廓，腰身隐约还在。

扶梯比秦妈此前见过的所有扶梯都长，从超市一层出口，微微倾斜着插入车库。此时扶梯上有几位疲倦的顾客，推着满载的购物车，都只有僵直的上半身，慢悠悠地在秦妈视线里平行移动。秦妈觉得这样看过去，这电梯还有些神奇，像某种魔术。

扶梯是福贵超市里的“小长城”——按陈天鲤的说法。

不过秦妈没跟女儿说“小长城”的比喻，因为担心女儿寻根溯源，说到陈天鲤。

“然后呢？”女儿不解地问。

如果你有个三十岁的单身女儿，你最好成天躲着她，秦妈想。

她看着女儿紧皱的眉头突然记起，女儿小时候对自己不会做的数学题也这样皱眉，那时秦妈还担心她的五官会因此再不能舒展开了——年轻的母亲才会这样，为所有无足轻重的事情担心。

但如果你不能躲起来，还被她找到了，就只能说无关紧要的事了，比如用水冲地板。

这一个月，秦妈都尽力不去想女儿小时候的事。这是唯一难克服的。女儿其实很棒，名叫葛烨。只是秦妈如今认定，女儿无论姓或名，都跟自己没关系。既然没关系，她就能心安理得地躲开她。何况葛烨一个月前这样宣布过——“求您别说了，跟您没关系啊。”

“那我就走呗。”秦妈立刻答，她当时气疯了，觉得自己才不想跟老葛小葛有关系呢。

一个月前的那天，葛烨过三十岁生日，想来很值得纪念，何况葛家老小历来喜欢过生日——这家里有一套专为生日设计的流程，其中的关键是秦妈的长寿面和腻到可怕的奶油蛋糕。但秦妈宣称，如果葛烨在这天之前已经结婚的话，才配得上让自己去做碗长寿面。所以那天晚餐气氛僵硬，也在意料中。话题从长寿面说到结婚年龄，随后女儿就说了这些跟秦妈没关系的话。奶油蛋糕没人动。

“然后？我觉得这样很好。每天都冲地板，干净得要命。”秦妈说，她已经在超市做了保洁员，这是第二十六天，不过她不负责拿水管冲地板，橡胶皮水管并不轻省，有秦妈的大腿粗，得两位姑娘合力才能搬动。秦妈喜欢看她们冲地板，大股的水流能把地砖缝隙里的黑色泥浆飞快地挤出来。

“这不是理由。”葛烨不皱眉了，换成摇头。秦妈不喜欢看她皱眉，也不喜欢她摇头。她想：这小孩果然跟她父亲学会了做领导那一套，以为亲妈也是她手下那些毛头小子。

葛烨在一家新闻单位工作，也算是管着三五个人的小领导，原本很令秦妈得意。没多久，秦妈得知，她那单位出品的所有东西，都只能在手机上看，没有报纸，没有杂志。葛烨把时间和才华都浪费在手机一闪即逝的光亮里，让她再没工夫去找个光亮的男朋友。

秦妈不愿再谈下去。地下一层与楼上福贵超市之间，这片形似阁楼的空间，员工们习惯称作夹层，亦是保洁员休息时间的好去处。她们时常聚在这里吃零食，喝保温杯里温热的水。

只是穿堂风也喜欢这里。葛烨迎风站着，刚修剪过的刘海，全被刮得倒竖起来——她的额头像父亲葛建华，宽阔得足以成为秦妈的烦恼。更为烦恼的是，葛烨十二岁之后便不再允许秦妈拿剪刀碰自己的刘海了——头发也不能，身上所有东西都不能。如果好好对付刘海，没准儿她还能早点儿把自己嫁出去。在刘海的问题上，秦妈无疑又是失败的一方——如果她可以算作经历了一场三十年之久的战争的话。

秦妈不去看眼前明晃晃的额头，担心终究忍不住，说出那些不该说的话。她离开家，以为就能把某些事忘掉了，像水流冲走地板上的污泥那么简单——难怪才格外惦记水管呢，她暗自斟酌。

她尽量只说超市的事，这些事近在眼前，拿起来就能说：水管冲地；可以擦地板的电动小车；以及自己身穿这套工作服，超市免费发放，百分之五十棉百分之五十毛，深蓝色，秦妈估计市场价，三百元。

“不过如果不干了，还得还给人家。”秦妈摩挲着上衣，低头看闪光的金属纽扣——可惜连这纽扣也得还给人家。

其他的也可以适当说一些，比如超市给她们提供四人间宿舍，就在附近小区。葛烨问地址。秦妈警觉起来，没说。只说另外三名室友，都来自湖北同一处地方，但她们从不用家乡话交谈，秦妈猜她们是怕秦妈听不懂，产生自己被她们冷落的想法……总之，跟她们很容易相处。室友的普通话口音很重，秦妈听来新鲜，“现在我是不是也有湖北口音？”她问葛烨。

葛烨又摇头，意外地，竟让她的刘海从头顶滑下来，盖住了额头。

“这就顺眼多了。”秦妈说。

葛烨说：“那你打算什么时候回家？”

秦妈接着说室友的口音，初听很乡气，再听就很洋气，真是奇怪。她从不知道中国还有这么多不同的语言。

葛烨纠正道：“是方言。”

秦妈说：“我哪儿也没去过，我不知道什么是方言。”

葛烨就不说话了。秦妈毕竟在离家出走——按照老葛对小葛的说法——既然如此，那么，如此和风细雨的天，还是不能跟女儿聊太久。

二

秦妈离家出走第一天，就开始干这份包吃住的工作，她固然是为此提前准备过的。

“五十五岁，本地户口，看起来也精精神神的，是个利索人。”那次应聘，她从超市经理口里得到这样的评价。她被一同应聘的同伴告知：“经理都这么说了，我看你是妥妥的，毕竟本地户口一般都不愿干这个。他们招来一个本地户口，比一个外地户口能省下他们多少事呢……”秦妈本来对面试没把握，听人这么说，不仅放了心，还略微有些自豪呢。

在超市没新鲜几天，葛烨找来，要秦妈回家。

“你怎么找到我的？”秦妈问。

葛烨说：“你以为我的工作是干什么的？现在哪儿没摄像头，找人还不容易？还有，你以为我们住了一辈子的门头沟小县城，能有多大？谁还不知道谁在哪儿？”

之后葛建华也来过，总共来了三次。

第一次来，他戴着金边老花镜，小眼镜片烁烁闪光，穿着那件米白色高领羊绒衫。

秦妈在“小长城”下面看见他时，他正在扶梯入口处伸腿，又缩回去，犹豫不定，他不敢踩上去。秦妈索性倒退几步，从上行扶梯退出来，抬头再看，葛建华一手指向她，在上面跺脚。

秦妈笑起来，想他心里害怕电梯的那道阴影，终究还没过去。

葛建华不坐电梯，因为去年他遇上了电梯事故，独自在电梯里关了俩小时，获救时前胸后背全汗湿一大片。

“这是常有的事，这栋楼的电梯比这楼还老，算工龄都二十多年，早该退休了。”修电梯那位工人的劝慰并没有让葛建华宽心，却造成他长久的幽怨，以及一场持续三个月的感冒，可能也不是真感冒，反正三个月里他逢人便宣称自己“状态不好”，让熟人们都推测，这是不是就是刚退休的人的那种“状态不好”？

“电梯退休？这个说法不合适”，那天秦妈也赶到电梯外，适时提醒年轻的电梯工人，她希望他以后遇上类似葛建华这种人，就别再提“退休”两个字。只是她的提醒可能也再度加重了葛建华的幽怨。

从电梯蹒跚着挪步刚出来，葛建华就一下蹲在电梯间了。他两臂绕着膝盖，全身颤抖，像在啜泣，孩子似的，就是不起身。

这么一蹲，秦妈发觉他的身体似乎被压缩过，变得格外小巧。她依稀想起年轻时，她须踩上台阶才能跟他拍出身高匹配的合影——现在跟他合影，怕是不需要台阶了。

年轻的电梯工埋头在收拾工具箱，她想趁工人背过身去的片刻，把葛建华拽起来。她不知他是否用了死力，她确实感到他在跟她别扭着，像块生根的石头，几乎把她也拽到地上去了。然而他又不像在使力的样子，因为竟然都没有憋气——她知道使大力气的人都得憋着气才行的。他大口喘着气说："那里面……没气了。"他另一只手还能指向肇事电梯。

葛建华第二次来超市，就不打扮了。金边眼镜和高领羊绒衫是他出席重要场合（不过退休后，他的重要场合就仅限于家人的生日了）的装扮。

在煤矿厂他这一身总是显眼，因为太白净，色调比旁人都浅几号。他很爱干净，尤其爱白色，大约是因为一辈子都待在暗沉沉的煤矿厂。

秦妈在家拖地时，葛建华一根手指戳着地板说："这里不行，你得多用水，用水冲。"

秦妈心疼水，从来没用畅快过，在北方丘陵地区度过的少女时代还是在她心里留下些障碍。这让他更有理由指责她了。

不过用超市的水冲地，她不心疼。

上次来找秦妈，葛建华屈服于电梯，第二次来，他干脆不进超市了。晚上十点，超市停止营业，秦妈开始做一天中最后一次卫生。白天她都坐在电动清扫车上，在超市内开S形路线，清扫车底部有特殊装置，车开过的地板就被装置上的毛巾擦得亮亮堂堂。

秦妈的工作在十一点结束。不过她通常都会留下来，继续看姑娘们在冷冻生鲜的柜台后面，用水冲地板。比起电动清扫车，她觉得握着水管更踏实，有大股的水滋出来，才能把边边角角的污垢冲走呢。

十一点半左右，秦妈正式下班。她们结伴走员工通道，需要磁卡打开走道尽头的玻璃门，她总是忘记，于是站在门内，在自己身上摸索那张小磁卡，就见外面黑暗中，闪着两道荧光绿，恍惚呈现出一个荧绿色的人形。她走在最前面，三位年龄小胆子也小的室友，纷纷退到她身后。

“荧光绿”凑过来，认出是葛建华，身穿葛烨的夜行衣，衣袖上有长长两道荧光带。葛烨大学时，有一段时期迷上单车，晚上出去骑车，跟一些头发炸开的年轻人一块儿，每天沿着门头沟县城骑一圈。骑车的年轻人都穿这种衣服，容易被远处的司机看见，好及时避让。只是眼前的葛建华穿上女儿的衣服，竟出乎意料合身。于是秦妈再次发现，丈夫在缩小，连语气也缩小了。

葛建华轻言细语，说：“刚下班，啊？”

从前他在电话里大声嚷嚷，她多年来已经明白他最大的本事不过是记住人名，适当时再把对方名字嚷出来，无论那是什么人。

“做领导嘛，记住对方的名字就够了，别人就会愿意替你办事。”这是葛建华的哲学，就像他平日里不管怎么大呼小叫，只需要适当时候惺惺作态一番，比如在生日的时候郑重其事举举酒杯，然后所有事都有秦妈自动替他完成一样。秦妈就是讨厌他这套哲学。

她幸灾乐祸地想：可惜他的好日子已经过去，连单位司机，都被安排给新任领导。如今他得亲力亲为，她不吃他这套啦！

她点头。

他又说：“回家吧？”

“不回。”

“还生气呢？”他笑出一脸勉强，可能是因为这不得不低声下气的腔调。

“哪能呢？”

“那为啥？”

“要挣钱。”

“一个月挣多少钱？”

“不多，够自己花。”

“多少？”

“三千。”秦妈四舍五入给自己加了工资。

“我给你三千。”

秦妈笑着说：“你的就是我的，你给我三千，算什么？”

葛建华也许仍在回味这话里的滋味，你的我的——似乎说明秦妈并没有彻底决绝地就此离去。见他一时愣在原地，秦妈便趁机走开。

走几步，她回头看，只见两道绿色荧光线，心里一动，想他还是很知道惜命的。

他没准儿是过分惜命了，才会在电梯事件后，一件接一件换掉家中物品，大到电冰箱，小到水龙头，都被他换了个遍。

“再换个老婆子最好。”秦妈说。

葛建华一本正经回答：“老婆子又不是物件。”他骨子里的一本正经，她从前还曾觉得挺幽默的，是那种谐剧正演的滑稽感。

言下之意，不能说换就换。秦妈那时候听来，却是不同滋味，她在他眼里是不是物件？是不是她可以离开他试一试？

三

第三次，葛建华就被秦妈的室友们认出来了。她们一口一个姐夫地叫起来。她们还想把他带到夹层，因为秦妈正在夹层讲善恶因果的理论，话题由一件新闻事件引起，秦妈发表看法，说所有事都有报应。“不是不报，时候没到。”

葛建华拒绝站上“小长城”，“不，你们下去又上来也不行，我知道没事，但就是不行。”随后他颐指气使起来，“你们把她给我叫上来！”

秦妈当然不上来。夹层的空气对流良好，下午的细风和暖宜人。

秦妈听室友们说：“姐夫来了。”

秦妈顺嘴笑道：“是报应来了。”

说完她往电梯的方向探出身去，脑袋差不多悬在扶梯上，她看见葛建华，在扶梯入口踱步，背着手，身上是月白色夹克，不平整，因为没人给他熨烫了。

葛建华没看见她。

她缩回身子，就听一个声音说："跟谁躲猫猫呢？"

循声看去，她见陈天鲤，就蹲在扶梯上，手里一把清洁刷，刷头立起来，正与扶梯扶手等高，这样他只用蹲在扶梯里，来回几趟，清洁刷便自动把扶手抹干净——他很会给自己省力。

这是陈天鲤的工作，清扫和维护扶梯——他的"小长城"。他只是偶尔过来，他还在别处有工作。不过没人知道他在别处做什么，他跟自己那身打扮同样神秘——每天都戴着一顶褐色鸭舌帽，眼镜片也是褐色，镜片后面的眼神却又直来直往地盯着人看，让被盯住的人庆幸好在还有副眼镜，拦截了一部分直挺挺不拐弯的目光。

"那你可没躲好，让我瞧见了。"秦妈说。

"嘿，我有什么好藏的，是'小长城'挡着我了。"陈天鲤说。说话间扶梯已把他带到地库。

秦妈用手梳理了半天头发，上行扶梯才把陈天鲤带回来，但他头也不抬，只说："是你们家那位？"手里的清洁刷还是稳稳卡在扶手上下两端。

"还能是谁？"秦妈说，手掌已经从头发上落下，搁在"小长城"扶手边缘，搭在一起，做出闲适的架势。秦妈的短发烫成了满头小卷儿，风一吹就像无数蓄势待发的小弹簧，蠢蠢欲动。

陈天鲤跟着扶梯往上，在高处远远说着什么。不过风太大，秦妈没听清。

陈天鲤照看“小长城”这工作，明眼人很快就能看出他对其是漫不经心的。他上上下下，经过夹层时，抓紧时机跟女工们聊天，哪怕一句半句，都能逗笑她们。他跟秦妈的聊天，因为时刻都在改变位置关系，在秦妈心里似乎也就比平常的聊天有趣。

也大概因为他难得经过夹层，每句话后要许久才轮上下一句，每句话都像经过酝酿，多了几分智慧，智慧得足够让人原谅他的漫不经心。

葛建华来过三次，不再来了。

四

之后，来的是葛烨，几乎天天来。

这天她说：“您快过生日了，生日总得回家吧？”

秦妈想：生日有什么紧要，那个家又有什么紧要！

她对女儿说："东西全被你爸换过了，现在那是你爸的家，不是我的家。"

葛烨只当没听见，又问："要不告诉我您住哪儿？"

葛建华是电梯事件之后，着手给家里换东西的。刚开始他只对电器下手，她还以为是电梯事件，让他对与电有关的事物失去信任，担心它们跟他一样——超龄退休，体内原本精巧的设计，无法精准运转，随时会崩坏、会"状态不好"。冰箱、电视、洗衣机、微波炉……就被这么依次换过。

这一阶段，秦妈还理解，任随他去。

初开始，他也戴着金边老花镜，又很矛盾地手持放大镜，一字一句念说明书，手把手教秦妈使用。秦妈几乎花光了大半生的智力，勉强掌握了功能复杂的新式家电。但她总感觉，这种掌握是不确定的，似乎一觉睡醒，它们又会成为崭新的冷漠的机器，这种掌握，也有她自己在他面前强撑起来的虚荣的成分。不能让葛建华小看，她想。但她一辈子都在这个家工作，她知道这或许让她自己先小看自己了。一开始自然是出于无奈，夫妻间总有一人更重要，那当然是他。再往后，他们的生活没那么多的无奈了，但这种模式却像是已有了惯性，重要的那个人，自然还得是他。

葛烨对父亲退休之后操持的以旧换新的大工程，很是赞赏，甚至偷偷给她父亲以资金支持。自从她自己动手剪刘海的时候开始，就跟她父亲站在一边了。“现在科技很先进了，既然换新，就选些功能更强大的。”

葛烨口中的功能强大，到秦妈这里也强大，是强大的障碍。到她再也操控不了电视机遥控器时，葛建华正好独占了电视机。

看电视时，她陪他看围棋比赛，没完没了的黑白子，围棋盘像当年葛烨用过的稿纸，再看，似乎围棋盘也成了动物园里横平竖直的笼子，让她怀疑自己在沙发上的坐姿也是受困动物的姿势，似乎她是不得不这样坐的，把自己坐成自家一位顶不重要的客人，在陌生的客厅窘迫地盯着陌生的电视屏幕上陌生的比赛，陪衬着主人葛建华的喜怒。葛建华偶尔叹息，并不是因为她故意踢翻了拖鞋；偶尔也叫好，一声好棋，几乎吓得秦妈全身痉挛、心动过速——而他叫好也不是因为她出于要反客为主的小心机，才赌着气主动递到他手中那杯温度适宜的浓茶。

家中电器换过，外面的电梯不能换，所以电梯仍是他无可奈何的敌人。但他还可以避开敌人——不再乘坐电梯就是了。

他每天走楼梯上下，去附近公园散步，又不愿承认这是心中消散不了的阴影，遇见邻里，他主动解释，说走楼梯是出于锻炼身体的需要。他的谎话张口就来——还以为她不知道，他上下楼梯时膝盖像按下又弹起的琴键上下抖动，有时她还能听见咯吱一声，是膝关节在抗议——这所谓的“锻炼”，适得其反，不如不练。

她不总是陪着他走楼梯，尽管他们家在三楼，楼梯还没有漫长到让她望而却步，她的膝盖可比一辈子坐在办公室的他要强健。她乘坐电梯也许是出于要示范的心理，要亲身向他展示电梯安全便捷的优越性，而电梯事故嘛，不过是概率极小的突发状况。

不过这一套，对他没用。他顽固得一如当年追求她的那位口齿不清、说话脸红的煤矿厂机关办事员，这个人要她的父母务必相信自己会大展宏图。

五

秦妈跟陈天鲤的话，说到了这天的第三句了，这句是：“他胆子小，不坐电梯。”

陈天鲤正在下行扶梯上，估计再经过夹层一次、再说一句话，他这天就大致收工了。他说："看着就像是个金贵人。"

秦妈思索这话是夸赞还是讽刺，想不出来。再转脸，陈天鲤就出现在自己身后。他上了夹层，手里握着刷子，刷柄上挂着红毛线钩出的小花。"我妈弄的，说是辟邪。要不要送给你们家那位金贵人？"他说。

秦妈摇头："不要，保佑你就成。"

陈天鲤说："也对。看你家那位做派，你也不该干这个来，图什么？"

秦妈说："图自在。"

"怎么不自在了？"

"在家住不惯。"

"在这儿就住惯了？"

"也住不惯。不过不操心了。"

秦妈随后告诉陈天鲤，葛建华都干了什么。

换电器后，葛建华的新目标是家具。

送货师傅兴师动众接连上过几次门后，客厅卧室的家当就基本换过了。秦妈亲手将衣柜电视柜里积攒二十年的物件掏出来，再往新家具里放。

"五十多岁还要翻箱倒柜，天底下还有更惨的事吗？"

还有！那就是更麻烦的书房在等着她。葛建华指挥秦妈，将占据三面墙的书柜里的书，统统搬出来，暂时堆在客厅。等奶白色的新书柜送到了，再从客厅一堆堆抱进书房。他自己也动手，不过指不上他，时常他拿着一本书，就看进去了，叫也叫不应。奶白色新书柜让屋子发亮，但她只看见搁板上天长日久势必积下的浮尘。

“又不是不知道我们这儿灰有多大，挨着煤矿厂。”她对陈天鲤说。

没人不知道门头沟的大小煤矿再过两年就将全部关闭的消息。葛烨的单位一年前就发布过这特大新闻，虽是手机新闻，却并没有转瞬即逝，而是激起长久的余波。陈天鲤显然也知道，因为他忽然站起来，踢开刚坐的凳子，说：“早该关他们狗日的。”

“怎么还骂上人了？”秦妈说，其实她暗地里也明白，陈天鲤与煤矿是有过故事的，这里大部分人都跟煤矿有故事，不奇怪。

秦妈接着说她自己，说她怎么埋怨葛建华的，“电器会老化，连家具也换？家具还会不听你使唤？”她还把书一本本扔地上，甩得噼里啪啦。但她没说她之后又把它们都捡起来了。

“家具当然要换，螺丝都拧不紧了，抽屉也不好使。”葛建华说，之后又给她看手机里的新闻，有个小孩被五斗柜砸死。手机里的新闻软件当然是葛烨替他安装的。

秦妈看着满地的书，想起那些兵荒马乱时着急逃离的落难夫妻，漫长又琐碎的整理过程，让她有工夫回忆他们真正算得上是“落难”的年代。是20世纪90年代中期，生活拮据，葛建华刚失去事业上的伙伴，他眼见着那位伙伴被埋在矿里。万幸的是，他提前撤离出来了。他们是一起下矿去的，作为机关代表去视察——这向来是万无一失的象征性下矿。事情发生后的几个月，他一直“状态不好”。再后来，仿佛是作为补偿，他也因此被表彰，被委以重任，开始在各种会议上做报告，痛哭流涕地回忆英年早逝的伙伴——他们从小一块儿长大，成长经历相似到完全可以互换简历。那次事故也是他们生活的转机，否极泰来，让她相信好的报应终于降临。她当时相信这是大难不死才有的后福——是福报。

到换家具的时候，葛烨对父亲的支持就动摇了，她说：“新家具里的甲醛，危害很大。”

葛建华说：“换都换了，置物不费。”

秦妈也学会了说这八个字，一边默念，一边布置好簇新的家。新的床铺和衣柜、床头柜、五斗橱，统统挤在卧室，怎么看怎么奇形怪状，晚上躺在床上，似乎住在陌生人家里，连床单被罩都是买床时商家赠送的新品。旧卧具也被葛建华扔掉了，他每天闲着没事就迷上了扔东西。秦妈惋惜，说可以留来做鞋垫。葛建华说："你要走多少路，需要这么多鞋垫？"

老床是结婚时木工打的，秦妈的娘家出木料。所以"那该算是我的东西"，秦妈躺在被称作"新式古典"的新床上失眠时会这样嘀咕。

"你的不就是我的嘛。"葛建华半醒着答话。

新床单洗过两次，她觉得依然有家居卖场的味道——她在卖场闻过，也见过，几乎所有人经过时都忍不住要在这张可爱的床铺上面躺一躺，人们外套上的浮尘便印在其上卡通动物的脸上。她以为过一段日子就会习惯，当初的家具家电不也是从新到旧，日渐熟悉起来的嘛。只是年纪越大，习惯越难改变，她总是去衣柜的同一个地方拿袜子，不过新衣柜那处位置并没有一个专属于她的抽屉。

"我换得起啊！这不是挺好？"葛建华在家中走动，像电影中琢磨战略战术的将军，仿佛谋略与计划就在走动间逐渐成形。

她明白他的言外之意，每一分钱都是他挣来的，他为什么不能让自己享受一个全新的家？何况他还有安全作为借口，理由充分而强大，对煤矿人来说，这个理由就是紧箍咒，一念出来，再伶俐或蛮横的猴子也都乖乖认命了。

陈天鲤叹气，说秦妈身在福中不知福。谁不想更新换代，引领时代？他还一直盯着秦妈看，用陈天鲤式的那种目光。

“可是，”秦妈答，“要是换完就舒服了就好了，但一点儿也不舒服，他也不舒服，我也不舒服。”

“你不舒服我理解。他为什么还不舒服？这不是他的主意吗？”

秦妈忍住没往下说，这件事说不得。反正葛建华之后还是每天在家中背着手踱步，神情总像思索国家大事，眼睛却审度着地板上哪一处还有煤灰是秦妈没弄干净的。

于是秦妈就这样对陈天鲤说：“这跟居住环境怎么样其实没关系，他不懂这个道理，他就是心里有事，然后全身不对劲，就折腾我。”

说完秦妈被自己惊了一惊。因为她自己的做法，跟葛建华多么相像啊，她躲在超市，葛建华找来的时候她就躲在“小长城”背后，以为换个环境就能换个脑子，这跟葛建华“换家大计”简直如出一辙，似乎也是注定要失败的。

想来想去，她沉吟着，慢悠悠地问陈天鲤：“你说人待在哪里，心思就会不一样吗？”

“可能。不过有些事是跟人走的，到哪里你都得带着，摆脱不了……一辈子都是。”他说。这“一辈子”的话里有哀怨的腔调。她也就愣怔着，无言以对了。

沉默片刻，陈天鲤的胳臂忽然笔直伸过来，掌心托的，是一把圆滚滚的糖炒栗子。秦妈全接过来，放腿上，剥开一颗，问他：“吃不吃？”

他不客气，但抓了好几次，才把秦妈手心金黄的栗仁抓走——也许他是紧张了。

栗仁转瞬便进了他嘴里。其间秦妈都不敢看他的眼睛，那种能把糖炒栗子都炸开的眼光里，似乎有秦妈弄不明白的东西。他们同岁，他没有妻子，是一直没有，因为他跟老母亲同住一套老公房——他是这样为他为什么是个老单身做出解释的。

她想其实他没必要解释。

这些内容都不是他一上一下地干活儿时断续说的，而是在夹层没人时候他悄声告诉她一个人的。“超市的人都不知道，我很少跟别人说我的事，没什么好说的。”她不知怎的就听出他其实是个可怜人的意味了，因为事实上他也没把自己的事说出任何究竟来。

无论如何，他们似乎就亲近了。但再亲近也像隔着什么似的，也许是因为秦妈真想倾诉的东西真不好启齿。说到底，这场出走又当不得真，福贵超市离她家只两个路口远，葛烨再努力努力很快也能找到她宿舍的地址。她知道自己总归是要回去的，除了半辈子都在做的单纯又辛劳的家庭妇女的劳作，她想不出自己还有什么别的可能。她只是不希望自己这样劳作了一辈子，还被葛建华大呼小叫地骂作蠢。

所以当时她也是不得不离开的。她确实在跟葛建华斗气，只是现在她开始时常担心，葛建华其实连她为什么斗气都不了解。他也许以为她不过是被一个不结婚的独生女逼得出走的老母亲。门头沟这些煤矿上的熟人，恐怕都是这样以为的。她相信葛建华也会这样跟别人解释她的出走，说在葛烨的生日晚餐上，母女是因为催婚吵起来的。他没准儿还会假戏真做地埋怨女儿几句——多让人操心啊，看看，把她妈妈都气走啦。

那她也不打算跟熟人们去解释，解释是没用的。她一气之下会想，就让人们这样以为好了，这样门头沟煤矿人的嘴，就不会再对她兴风作浪了。何况她也不知道怎么解释，说因为她在生日晚餐前没用水冲干净地板，被葛建华说了几句难听的话吗？之后她一个晚上都气呼呼的，才会跟葛烨也黑了脸。所以这场离家出走的缘故不好启齿，至少一时半会儿她启不了齿，她只能先躲开一段时间。

比如吃栗子这种时候，（一起吃栗子让她想起高中时代，那时的栗子似乎更甜，可能因为更奢侈）她偶尔也想：有没有可能，她就不回去了？反正她有了工作，还有了个朋友，她可从来没有过自己的朋友，她以前那些朋友本质上都是葛建华的朋友，不是她的。尽管陈天鲤这位朋友，确实有些古怪，不过他对她格外尊重。她相信这是她现在有了微薄收入的缘故，有收入的人才会赢得别人的尊重——葛建华在家中的地位，不就是因为他能拿工资吗？现在她也可以了呀。

何况陈天鲤多会用心啊！栗子吃完后，他又变出了柿子，再往后的日子里，还有冬枣、花生和桃酥……他用尽了高中生讨好女生的所有甜食，而他们的关系仿佛也被这些甜腻的零食腌渍过了，又甜又暖。

她继续让他相信，她离家出走是为逼女儿交个可心的男朋友，这个出走的理由真是好用啊，秦妈都想感谢葛烨了。“我女儿说她不打算结婚了。本来有个男孩很不错，她烦死人家了，原因嘛，你猜都猜不到，她说那是个小心眼儿的男人。

心眼儿有多小呢？就因为那男孩在她面前说粉底没有抹匀！这就算心眼儿小了？对，他又不是说她！他是说别的姑娘，他说另一个姑娘粉底没抹匀，让他感到很失望。她就也对人家失望了。我就说她，说她心眼儿比那男的小多了，她就来气了，说不关我的事，那我就走呗……”

他似乎是信了。他头顶的鸭舌帽左右摇起来，顺着她的心思说了一番人还是应该结婚的大道理，每一句都像是秦妈跟女儿说过的那种陈词滥调，而每一句都像是他这个老单身在做自我批评。这让秦妈觉得他很可爱。

“我是年轻时想找，没人看得上。”陈天鲤最后总结道。

“凭什么没人看上？”秦妈假装诧异。

“下煤矿的，我还是管放炮的，谁能看上？”陈天鲤的回答在她意料中，不过秦妈听出了敷衍。

无论如何，秦妈认为这一个月过得飞快。回家的日子似乎遥遥无期，但一切也仍在她的掌握中。

直到陈天鲤问她想做什么的时候，她开始觉得失控了。

话题又是从生日开始的：“我该送你点儿小礼物。”“不需要。”“别客气，值钱的我送不出来，就图个心意。”“真不是客气，什么也不缺。”“那你喜欢什么？”“喜欢？我喜欢平平安安、问心无愧地过日子。”“这是当然。”“当然吗？我怎么觉得特别难呢？”“说难也难，说不难也不难，关键是看什么人，各人有各人的想法。”“这倒是。不过有你想做的事吗？”“想做什么？”“是的，就是那种想干又一直没痛快干的事……”

想做什么？没人问过她想做什么。她认为她现在做的事就是她一直想做的。但她可不能这么说，他会误以为她不够真诚，还显得很蠢，世界上没有一个人应该会以做超市清洁工为最大愿望。不过她说出口的那个愿望显然更加愚蠢，仿佛是另一个秦妈跳出来抢着替她发言——“拿水管冲地板，算吗？”这脱口而出的另一个秦妈，比她认识的那个自己，更是蠢多了。

“什么？”希望他是真的没听清，但很糟糕，他立刻又说，“哦，我明白了，难怪你每天都看她们用水管冲地板。”

才知道她的小动作从来都不是秘密。

超市的姑娘们在心里，也许会埋怨秦妈在场耽误她们提早收工，但也从没赶过她走。为此，她得跟姑娘们聊天，没多久就把几位姑娘的出身成长全问遍，否则她一定会感到无与伦比的尴尬。

“我就是想试试。”秦妈做出解释。

“那是，够痛快的。”他应承着，“网上说有那种强迫症，什么东西都整齐干净了，心里才舒服，要不就难受。你是不是也是有强迫症啊？冲走脏东西才觉得痛快。要不我们试一试？”

“哦，算了吧，我可弄不动那个水管。”秦妈说。不过她想：如果能试一试，或许那根水管也没那么重。强迫症的说法，她也知道，但她认为葛建华才是个强迫症患者，她不是。她在家用水冲刷地板的时候，几乎都是被葛建华指使的。如果她哪处地方没弄干净，让他着急起来，他就会冲她吼几句难听的话，质疑她的智商。在他最近一次冲她吼过的那个晚上之后，她就离家出走了。她当时以为他是洁癖，现在怀疑也许他还有强迫症。

“怎么会呢？她们两个小姑娘都可以搬动。”陈天鲤说，“何况我们俩。”

“那倒是，你其实没必要为我……我是说，我就说说而已。”她开始困惑自己想拿水管冲地板，是否只是为了向葛建华证明什么，比如证明她能做好这件事，不像葛建华那句难听的话那样，“地板都弄不干净，你是猪脑子吗？”所以，这都不干陈天鲤的事。

“没什么，真的，又不是什么大事。”陈天鲤抬手把鸭舌帽帽舌弄正，这动作正适合说一件事不是大事的时候。

她必须说几句客气话了，但她总是在这种时候很难把握分寸，所以她停了一会儿，才呆板地说："谢谢。"

他说："真不客气，这小事我能帮上忙，何况，我们还是朋友。"

六

事情就这么决定了。掌握水管的那几个姑娘，早知道秦妈的特殊嗜好，以前她们只是担心水管太重，让她闪了腰，不过有陈天鲤做的保证，她们也乐得偷上一日闲。"只要不让经理知道，你们天天替我们冲地板，又有什么不可以呢？"陈天鲤给她们准备了瓜子，她们嗑着瓜子上到夹层，等着收工去了。

超市没有现成的防水的行头，他们穿的还是姑娘们的皮围裙。黑皮围裙一套上身，秦妈看陈天鲤的样子就有些滑稽了。但想着陈天鲤看自己也差不多滑稽的模样，秦妈突然就先失掉了一半兴致。

于是他们乘着"小长城"往超市一层的生鲜柜台去的时候，她只想着要拿些家常话来敷衍过去，就说："难为你，也要这么晚才下班了。”她知道他在别处还有活计要忙。而她自己又是每天都晚下班的人，实在过意不去。

他答道：“没关系，我回家去，也只是一个老娘。”

“没个人照应？”

他不说话了。她不确定自己是不是失言了。超市很安静，白天的熙熙攘攘像被魔术师用黑布拢了去。旁边的大玻璃门都挂上了铁链锁，玻璃上花花绿绿的促销海报被几盏射灯的光映照得有些诡异。

电梯无声无息地就到了头。他们沉默着往放水管的地方走过去。皮围裙窸窣作响，她忽然就感到这样走得真是很不自在。可是她这段时间做的所有事，明明不就是为图心里自在来的吗？

当大股的水从水管口涌出来的时候，秦妈马上感受到了那种畅快。她还没有从地上抱起水管来，水先就漫溢在脚上，胶鞋湿了底边。姑娘们平日穿雨靴冲地板，但她们的雨靴尺码都太小，秦妈穿不上，但她觉得反正胶鞋湿了也容易清洗晾干，不妨事。

“从那边开始。”他指挥着她，喊“一二三”，两人一合力，果真把水管抬起来了。

他力气大，因为她完全没感觉手里受着什么力，只觉得跟握着锅铲的重量差不多轻巧。

他们让水流从角落开始冲刷。角落处的生鲜肉类柜台下面，冲出来一汪汪血水。白亮的灯光把血水都照成了粉红色。他问她怕不怕。她大笑过，才摇头，说：“鸡都杀过，还怕这个？”

他们继续干活儿，刚开始两人的配合不算好，走了几个踉跄步，逐渐就适应了。这时她发现，只需手上稍微扶着水管，凭他去调遣，两人的力气就不会始终别扭着了。

只是，她也渐渐发现，他是个没准儿头的人，也难怪他从不摘下褐色镜片的眼镜——她琢磨他可能是高度近视，眼神不好。

但他力气很大，几乎都是他在控制水管的方向。这方向不时歪斜一下，有几次，水柱都冲着墙面喷过去了。所幸墙面也是满贴着黑瓷砖的。

又有几次，水流对着两人的脚面过来了，秦妈使足力气想挽救，只是她又怎么拧得过他的力气呢？两次三番，两人的胶鞋最终还是都湿透了，连裤脚也湿淋淋的直到膝盖。秦妈想反正就这一次，弄完了换掉就好。

其实事发当时，她就反应过来了——陈天鲤身子往后摔下去之前，他就丢开了水管，可能出于某种下意识吧。他下意识这样做的缘故，是想保护她。要不他摔倒的时候会拖累她，让她也跌跤。

秦妈的胶鞋大概还比较防滑，反正她站住了。她喜欢水，但害怕滑。只是她也没能抱住水管。水管砸在地上，清亮的水流还在不断涌出来，很快就汪成了一大摊。她就站在这一大摊水里，竭力保持平衡。她确认自己稳稳站住了，才回身去看陈天鲤。他躺在那儿，四脚朝天，像条放弃挣扎的黑鱼，水正往他头顶漫延过去。

她吓得不轻，倒不是因为他一动不动的模样，让她担心他真的摔出什么问题来——这是她后来才开始担心的事。

在当时，她吓得不轻，因为她看见了陈天鲤的一只眼睛——左眼。

他从不离身的眼镜和帽子，这时早就滚到别处去了。她看见不远处地上的那副眼镜，镜片像是碎了一只，亮晶晶的玻璃碴子，撒落在亮晶晶的水汪里。

那只眼睛，是见不了天日的——它就像树干上的木头疙瘩，又粗糙，又乌黑。

他有一只假眼。

秦妈被假眼骇住了，她知道自己应该极力不让惊恐的样子表现出来，因为这肯定会冒犯到他的，或者，还会令他伤心吧？始终想藏掖起来的缺陷被发现了，谁会不伤心呢？他肯定不想任何人知道这只假眼的存在，一定是的。否则他为什么需要褐色的镜片呢？可怕的是，她现在知道褐色镜片后的秘密了。那他会怨她吗？会再也不理她吗？

秦妈一时陷入胡思乱想，她目瞪口呆地杵在水中央。她对脚下四周眼见的越积越深厚的水泊毫无知觉，更不知道此时在陈天鲤眼里，她俨然就是一座喷泉中被风化腐蚀的雕塑。

直到她听见他喊出那声："去关龙头啊！傻婆娘！愣着干什么！"

傻婆娘？秦妈更加发愣起来。

她想他着急起来的吼声，还真像葛建华对她呵斥过的那些话。

只是他怎么会这么叫她，傻婆娘？

她才不是傻婆娘。

确认无疑，因为他又重复了一次："去关水啊！傻婆娘！"

她回过神来，又回忆了一下龙头的位置。她扑嗒扑嗒地踩着水跑起来，扑上去，双手拧着水龙头。她关了水，回身看水管那头，几秒后，再也没有水从管口涌出来了。她这才抚着自己胸口，她感到心跳得很重，都快跳不动了似的。

我不是傻婆娘！她盯着水龙头，仿佛在等着水龙头回答她。

不过后来，陈天鲤很快就向她道歉了。解释说，都是因为他太着急了，又说，他们这种干活儿的人，粗言粗语一辈子，早习惯了，请她原谅他的口无遮拦。

让他那么着急害怕的事情，是水会逐渐漫上电源插座的高度，从电源里漏出电来，再电死他们两个。“我倒是死就死了，你就不值得了。”陈天鲤说，这时他已经重新戴上了眼镜，幸好破掉的是右边的镜片，他露出来的，是那只好眼。“我又躺在那儿，想起来又一下起不来，真是忙慌了。”

她想：他不需要解释的，就像他也不需要对她解释他为什么是个老单身。

他又说：“您这样家庭出来的人，是轻言细语惯了的。”

她一下就想起了葛建华口里的猪脑子，还不如傻婆娘呢。

要没有这句话还好，那她就会当真为这个漏电的说法感动了，虽说只是一点儿感动吧，毕竟他也是害怕他们被电死，他也是为了救她，他着急也是因为想活命。尽管她对电源会不会因为进了水就漏电出来的事情，也不确定。

不过她愿意接受他的说法，因为相信一种解释总比怀疑要简单多了。

但是，她果真是傻婆娘吗？她想问他，但知道不能问。

被一个残疾人叫成傻婆娘？

对了，他还是残疾人。她从没想到他竟然会是残疾人。

比起刚刚的险情，更让她长久沉浸于惊愕中的，倒是他那只假眼——他那种奇怪的目光，原来并非心灵窗户打开了来做展示，而仅仅是因为，它本来就是没有生命的。它没有任何意义，它的存在只是让瞳仁不至于空洞。要不空空荡荡的眼窝会吓坏多少人？那么，很多与此有关的东西，是不是就都没意义了？

秦妈想：眼镜、眼神，为何是个老单身……似乎都得到解释了。

只是这解释，好像总有哪里不对，秦妈百思不解，似乎面对着女儿小时候玩儿过的那种万花筒，五光十色，等万花筒有一天摔坏了，倒出来一把糖纸似的彩色纸片，一下就让人觉得，没意思透了。

“是天生的？”她回过神来，才小心翼翼问，问的时候也没敢往他脸上看。那只假眼尽管待在眼镜片后面，但也真奇怪，她发现一旦她晓得那只眼睛是假的之后，就再也没法把它当成真的——看来世间事多半如此。大概葛建华也是这样吧：他一旦有了那样的念头，就没法当它从没出现过。

刚刚她还扫了扫地面的积水，没敢再让他动手。她擦地的时候才开始后怕，怕他万一真摔出好歹，她就难辞其咎了。只是这种意外，谁又预料得到呢？这话一想，她又觉得耳熟。走神的片刻，她恍惚猛地看见葛建华的大脑门儿，映在地板砖上似的。秦妈一哆嗦，怀疑自己是惊吓过度出现幻觉了。又狠狠拖了两下地，想到这话确实是葛建华说过的——这种意外，谁又预料得到呢？那一年他在井下遇上的危机，也是谁都想不到的。

好在陈天鲤无碍，他起身后自己还蹦了两下。虽是五十多岁的人，但也是一辈子受苦做体力活儿的，摔一下也能经得起。只怨他穿的鞋不好，她刚瞥过一眼，就知道鞋底磨损得厉害，光溜溜的，怕是在干爽的平路上走着也能打几滑的那种。

秦妈拖地、打扫的这阵子，陈天鲤就蹲在一处角落里，就是刚刚冲出过血水的那个角落，只是发呆。

没多久，两个姑娘按照约定的时间从夹层上来了。秦妈招呼着她们，嘻嘻哈哈地说着就快干完活儿的话。她们大大咧咧地嬉笑，准备下班，什么也没发现。

等姑娘们走了，秦妈和陈天鲤又回到夹层，开了四十瓦的灯，他才告诉她：“不是天生的，是事故。”

她猜中了七八分，“事故”这两个字对他们来说，都太熟悉了。

“二十多年前的事了，被炸了，好在老天给我留了右眼，哦，留了这条命。”

“大难不死。”她说。

“那难也不大，还没到底下呢，就是在地面上，引线被烟头火星儿点了，没旁人在，就伤了我一个。还是我自己的责任。厂里什么也不负责，早该关了这厂。”

“说来不大，对你肯定大得很了。”秦妈说，她开始省悟过来，他为什么那时会说“各人有各人的活法”这种话。

“也是我自己反应快，救了自己一命，我一跳，跳到矮墙后头，后来我再没蹦那么高过，当时不知怎么，鬼使神差，就蹦过去了，一米多点儿高的院墙啊。”

“我听说人都有求生意识，这是一种本能。”这话是葛建华说的，秦妈现在用上了。

“求生本能？这话说得真好。我想也是。后来炸了，命保住了，也是命里该我的，一块饼干大小的铁片，飞过来，崩进眼睛里。”

“我现在信了。”她说，葛建华这样说的时候，她还半信半疑。

“信什么？”见他耍弄着清洁刷上的红色毛线花。她猜给他做这花骨朵儿的老母亲，肯定也是信着某种东西的。

“求生本能。那种时候，人做不了自己的主，都是本能在做主。”她说。不过，她的疑惑还没完全释然呢——难道他在本能里也认为她是傻婆娘吗？

“这么说我就懂了。还有那院墙在厂里面，都被叫作‘小长城’。”

“‘小长城’，原来不是电梯？”她第一次听说。

“那院墙跟长城一样，是防守用的。你知道那时候我们哥儿几个都想跟厂里要赔偿，就闹事啊，我们守在‘小长城’后头，领导干部在‘小长城’另一边，拿我们没辙，也是年轻气盛，早知道煤矿全得关停，那时候费什么劲呢？”

她知道那几年工人们闹事，因为葛建华就在院墙另一边，提着高音喇叭对墙那边的工人们喊话。

他又说：“我们把酒瓶子到处扔，玻璃碴扎伤好几个人，扎的自行车轮胎，那就更数不清了。”

她不知道当时葛建华面临的局面有这么严重，他从没说过。

陈天鲤叹口气，说："最后我们什么也没要来，我就出来自己打零工了，然后就到现在了。你说，我怎么不单身一辈子呢？"

秦妈也跟着叹气。但心里竟然有一丝高兴闪过，因为葛建华能应付这么严重的局面，游刃有余。

他接着说："好在我还能找三份工作，我在三个地方，打扫三个电梯，晚上隔天还去当停车收费员。他们愿意找我干活儿，正好因为我是残疾人。"

"为什么？"

"嗯，这种单位都有必须招工残疾人的名额，可以给企业免一部分税。再说我这一只眼干的活儿，比两只眼干得还好呢。"

"那——"秦妈问，"你怎么把电梯也叫'小长城'？"

"嘿，"他貌似完全恢复了平日状态，说，"因为它也挡着我，让我有个地方躲啊。"

"有个地方躲？"

"你不也是吗？都从家里躲到这里来了？谁不想要个藏身的地方呢？我在家里其实也待不住，都在照顾我妈。"他说着，而她只看见他一只眼里的闪光，她发现人如果两只眼睛不对称的话，一真一假还真是有些可怕。他接着说："所以我还得求你，别告诉别人我眼睛不好，超市除了管理层，底下的人都不知道。我还是自尊心强的人吧，不想那么多人知道。"

她点头，说："我一个字也不讲。"

七

两天后，秦妈回家了。她带着行李，这次她是彻底回来了。

回家这天正赶上她生日第二天，老葛、小葛决定为秦妈补过一个生日。秦妈赌气说不要。葛烨坏笑着说："那你可别后悔。"

没想到葛烨指的是她这天出乎意料地领回来一位白净的男孩。葛烨喜滋滋地给父母介绍，说这就是她男朋友了，"喏，你们日思夜想的。"

秦妈握着男孩的手，盯着男孩那双大眼睛看。

男孩大眼睛闪闪躲躲，一口一个阿姨地叫，此外再说不出别的话了。秦妈问他别的话，他开口前都先瞄一眼葛烨，葛烨给个眼风，男孩才低头小声作答，很局促的样子。秦妈发现了俩人的小把戏，心里先就不痛快了，但她觉得大概是因为第一次见女朋友父母，把男孩紧张坏了吧。

葛建华像是什么也没发现，晚饭时，他端居上座，安排调停着桌面上的菜肴，照顾旁人，忙得不亦乐乎，他更不会忘记郑重其事地祝秦妈生日快乐。老套的生日过场依然如故。

前一天秦妈回家的时候，葛建华也没意外，他绷着脸，一副一切尽在掌握的模样。他戴着老花镜，从镜片上方看着秦妈，半天说了一句："回来就好。"

"往后再别提了。"秦妈说，她担心老葛、小葛以后都拿她离家出走的事取笑她。

葛建华嗯了一声。秦妈见他嘴角上抿，知道他在心里偷乐。又过了半天，他才凑到秦妈跟前来，柔声问道："真没事了？"

"没事了。"她想他早这么柔声细语跟她说话就好了，那就什么事也不会有了。可是他对她那么凶，年龄越大越凶，动不动就骂她猪脑子。

"我也是心里有疙瘩，你就饶了我吧……当时情况那么紧急，我光顾着救自己了，哪能想到？其实，也许，我再尽尽力，也能把他救上来呢？”他说。这话一个多月前他就说过。不过跟一个多月前不一样了，眼下秦妈听他说着同样的话，竟然感到心疼，毕竟她从头到尾也不在乎他有没有英勇救人。她只要他平安，对她而言就是万幸了。他耿耿于怀的事情，不过也就是求生意识强了些罢了。但她知道，他从来也不是坏人，真正的坏人才不会像他这么忐忑呢。

当年葛建华和同伴在井下视察，遇到事故，他逃了出来。因为他逃了出来，他们全家才走向了现在的生活。很多年里她都是这样认为的。直到去年他遇上电梯事故，他真是被吓坏了，他一再解释他担惊受怕并不是因为惜命，而是他在电梯里看见了死去的那位同伴。她怀疑是电梯内缺氧，让他出现幻觉了。

不过他坚信自己神志清楚，死去二十多年的伙伴，千真万确地出现在电梯里，还是当年那么年轻的样子。这位幻觉中的伙伴甚至还帮葛建华按住了电梯按钮。秦妈问：“他为什么要这么做，帮你按开门键？”葛建华答：“他就是不想我出去，要把我困在里面。”

葛建华还告诉秦妈：“你不是老给我讲报应吗？电梯那种密封的小格子，特别像下井的时候坐的升降机，他出现了，就算是幻觉吧，那也都是我的报应……”

此后他开始相信那位死去的伙伴在电梯里告诉他的东西了。那一年，他本可以做更多的事来救他的，可是他放弃了，他逃生之后便惊魂不定，于是他放弃了同伴，因为他当时确信自己无能为力。

这个念头再也没从葛建华的脑子里离开，对他构成持续的折磨，也让他“状态不好”。他开始想做点儿什么也许能转移注意力的事情，只是他几十年都在同一种生活里装腔作势，此外他什么也没做过，也什么都不会做。

退休以后，熟悉的生活离他远去，留给他大把的闲暇，让他只能用来胡思乱想。想来想去，他的脾气也就越暴躁。他暴躁的脾气又发不出去，就冲着她来了。他希望家中一尘不染，雪白亮堂的环境才能照亮他幽暗的内心疑云，谁知道秦妈又不好好打扫呢？白费了他的用心，他为此甚至不惜代价把那么多东西换成白色的。这也是他后来终于想到的一个主意——挥霍存款，给自己换一个环境。

他以为新的环境也许会带来转机。他也许想换得更彻底一些，想要过成另外一个人的生活呢，她猜，或者相反，他这二十年都是作为另一个人在过活，如今嘛，他想换回来了。

葛建华给男孩介绍新电视，男孩比他更懂电视，说：“再装个盒子，就什么都齐全了。”葛建华历来不习惯被年轻人顶撞，只微微摇了摇头，继续领男孩去看立式空调。男孩显然不懂空调，只垂着手聆听，很恭敬。

葛建华这才得了意，回身冲秦妈使眼色。秦妈撇嘴，去了厨房洗水果。正打开冰箱，葛建华跟了过来，在秦妈耳边说：“小子可以。”

“还是得给葛烨压力，你看，这下全解决了吧？”

葛建华冷笑一声，悄声说道：“你真信这是你未来的女婿啊？还不是兔子急了咬人，被你逼得着急了，找个小子来应付我们的。”

秦妈也冷笑，说：“谁还没个着急的时候？我想通了。她就是求生意识发作了，怕我再出走，拉个小子来当她的‘小长城’。”

葛建华替秦妈关上冰箱门，沉思片刻，才说：“真想通了？嗯？你刚说什么，‘小长城’？”

秦妈把水龙头拧开，大声说：“你怎么能说自己女儿是兔子？”

八

福贵超市的姐妹们都舍不得秦妈走，只是这也不是她们能决定的事情。在她们看来，秦妈肯定还是想继续在超市干下去的，而致使秦妈离开的主要原因是怨超市经理不通融。

“擅离职守，去干不相干的事，还造成了损失，我也留不住你了。”超市经理很会说话，口吻心安理得，仿佛辞退秦妈的人根本不是他一样。那还能是谁呢？女工们自以为心知肚明，包括超市经理随后还说到了秦妈的本地户口——她们连这话也偷听来了——他说：“不过您是本地户口，找个工作不难。”言下之意，他的决定不至于给她造成多大伤害。

真是太气愤了，她们在夹层讨论这件事时，都认为超市经理欺软怕硬。“要是我被无故辞退，还不给钱，我先跟他拼了命再说。”从湖北来的女工说。

所谓秦妈造成的损失，是电梯动不了了，就是陈天鲤负责的长长的那部电梯。电梯维修商第一天来检查，怀疑电路板进过水，第二天维修商派人来换了电路板，但电梯还是不动，第三天再换了另一种型号的电路板，电梯正常了。

但女工们才不管超市为修理电梯花了多少钱呢，她们只在乎这三天里都只好走楼梯上下夹层了，真是麻烦。当然，这也只是小小的不便，可以忍受。需要适应的倒是秦妈离开之后夹层始终不太愉快的气氛。秦妈虽然爱打听每个人的隐私，但她在时，她们说说笑笑，夹层的偷闲时光总没有烦闷无聊的时候。连陈天鲤现在也变得沉闷了，他的“小长城”一恢复正常，他就出现了，继续蹲在扶梯上干他的轻省活儿，只是他再也不跟女工们说笑了，他神情严肃，沉默不语，连有人叫他也闭口不应，只挥手或点头。他那样子有点儿吓人。

女工们猜测，这是超市经理找陈天鲤谈过话的缘故。经理要找出电梯坏掉的缘由，但更可能是希望找个倒霉蛋来承担责任。陈天鲤就是经理找的第一个倒霉蛋，他在经理的小办公室关上门待了快一个小时。走出那扇门之后，陈天鲤就再没说过话。

然后才是秦妈走进那间办公室，她只待了五分钟就出来了。她出来之后就去夹层收拾自己的水杯和别的杂物，跟室友们告别，委托室友把工作制服退还给超市。秦妈说只是有点儿舍不得这身制服。又说：“经理还不错，没让我赔电梯。”

“又不是你弄坏的，当然不能你来赔。”女工们替秦妈打抱不平，她们还不知道秦妈跟陈天鲤冲地板的事。

秦妈只是笑。她也不是没想过，把责任都推给陈天鲤，她知道陈天鲤就是这么干的。那一个小时的时间，他主要都用来向经理陈诉，说这一切都是秦妈的责任，他把自己推脱得一干二净。不仅一干二净，还幸好有他，正是他及时阻止了秦妈的愚蠢行为，（希望他没当着经理的面骂她傻婆娘）正是他的果断，才让损失不至于扩大到不可挽回的地步。

经理对秦妈转述陈天鲤这番话的时候，秦妈只一脸冷笑——她是真的觉得自己很可笑，比陈天鲤还可笑。陈天鲤还可笑地宣称，整件事里他最睿智的决定就是当时喝令秦妈去及时关掉了水龙头呢。这他倒真没撒谎，秦妈心想。那自己也比他更可笑。

经理问秦妈认不认，要是认了，他就只好让她走人了，一个月的工资也得全扣下，因为他还得花大笔钱修电梯。

秦妈点了点头，但她的头点得也不是很果断，她迟疑了。主要原因是她忽然感觉，要是她这时点了头，把责任全都承担下来的话，陈天鲤就更得把她当傻婆娘看了。

他不能拿我当傻婆娘看，绝对不能。这样一想，她真想跟经理好好告告陈天鲤的状了，告诉经理都是陈天鲤教唆她这么干的，他还说不是什么大事，摔倒的人也是他，谁让他一只眼睛没用呢？那样事情会变得更复杂吧。然后经理会相信谁呢？可能还是相信陈天鲤吧。毕竟他是残疾人，令人同情。

她也不想摇头，因为知道自己不该否认整件事。何况事情的起因确实是她，说到底她也得为自己那部分错误买单。

她犹豫了两分钟。其实这两分钟里，超市经理絮絮叨叨的东西，她一句也没听进去，倒是被门外偷听的女工们听去了。

后来，她突然听见经理夸赞她是个聪明人。她恍惚觉得，这就是威胁了，经理的言下之意，是她此时认不认这件事根本不重要。经理要辞掉她还不容易？但她很乐于听到自己被说成是聪明人。那么她得聪明一回，她好像突然开了窍的学生，难题瞬间就在眼前明朗了。接下来的话，她说得自信又沉着。“我认，不过您得让陈天鲤闭嘴。”

“闭嘴？”经理显然不明白。

“他要是不闭嘴的话，他的事我会让门头沟所有人都知道。你告诉他‘不是不报，时候未到’。”她说完就转身准备离开，听经理答应着，说：“行吧，但这不关我的事，我只是替你转告他。”

她就又觉得自己的话说得实在是让人感觉莫名其妙了，像是有些问题没说清楚似的，于是走到门口又回身，冲经理气势汹汹说了句：“我才不是傻婆娘呢！”

随后她顾不上看经理目瞪口呆的样子，因为心里怦怦跳着，她甚至怀疑自己是否表现得真像个傻婆娘了。她只好自我安慰地想：不就是威胁吗？谁不会呢？

到秦妈回家的时候，这件事她就想开了，大概是小小地出了一口气的缘故，她觉得自己可以吞下更大的气了。往后她还得受葛建华的气，这也需要她做足心理准备。但没什么，她认为日子就是这样，不是在这里受气，就是在别处受气，只要偶尔允许自己发个小脾气，那就也不至于太难过。她的离家出走也算是一次小脾气吧。

还有陈天鲤的事情，秦妈当然一个字也不会说出去。她知道陈天鲤比她更需要“小长城”，比她更需要一处藏身的地方。

戚　风

晚餐刚刚结束，严静将戚风蛋糕端上餐桌。餐桌上，暗红色的美国车厘子装在水晶果盘内，有恰到好处的闪光。四环路高架桥的街灯，透过落地玻璃窗依稀照进室内。

“我最喜欢做的就是这种戚风蛋糕。”严静对两位客人说道。之后，她把蛋糕旁边的餐盘和杂物挪到远一些的位置，以便突出金黄色的戚风蛋糕的地位。

这天的蛋糕烤制得格外成功，表皮浑圆到几乎透明，上桌后依然冒着热气，似乎出炉后它仍在继续鼓胀。

“因为它是最简单的一种蛋糕，什么也不用加，但也不容易，戚风蛋糕要做好，一点儿也不容易，不过它的做法又非常简单。”她进一步解释。

“是简约又不简单吧？”她的丈夫曾凯峰紧接着说——

他对她的配合，一向紧密而有分寸。他自己其实更喜欢眼前这些餐具。每当他们招待客人，他总在餐前亲自将它们分门别类，挑选几套自己心仪的。他摆弄餐具的样子，让严静想起外国电影里的警察，一脸陶醉地拾掇满桌枪支，志得意满，也令人厌烦。这种行为明白无误地暗示着，曾凯峰对一切都过于满意。她不喜欢他太过满足的样子。尽管他确实有份令人羡慕的工作——在一家大型旅行社做到高级管理职位。他还有令人羡慕的妻子和孩子、房子和车子——那他也没必要如此把它们都挂在脸上。他刚把七岁的儿子送到暑期夏令营去学英语，花了一大笔钱，但他说，这很值得，因为儿子应当适应集体生活，毕竟这个夏天结束后，小孩就会成为区重点小学的新生。

昨晚，曾凯峰把脸贴在她的脖颈处，轻声嘀咕，儿子不在家这两周，是他们多年来难得的重温二人世界的机会。这意味着他们有必要安排一些节目。

她觉得他的话和他的呼吸都让她脖颈发痒，热气滚滚而来。这是六月，已经热起来，但晚上如果待在室内，仍会感到阴凉。

她不知道邀请索菲亚和王岩来做客是否也是出于安排节目的需要。严静宁愿相信，索菲亚不过和平时一样，不请自来，再唠叨一番关于男人的烦恼。总是有男人让索菲亚烦恼——从这天她进屋后几乎是把自己扔上沙发的动作，就可以得出结论。索菲亚盘腿坐下，黄色夏裙在她身下蓬开，裙摆上的黄色花纹，水波似的往四处漫延。而她的男朋友王岩，坐在那些“水波”上。

就在这张沙发上，索菲亚倾诉过不少心事，多数都与她遭逢的男人有关。在北京，三十八岁未婚的电台女主播，当然会有不少的情感问题。严静对此其实无能为力，她更擅长对付烤箱或者吸尘器——或许这才能让她成为索菲亚的好听众。

严静也三十八岁，从前在唱片公司工作，为歌手和唱片撰写漂亮的广告文案，风格文艺，大学生们对她写的那些东西很买账。后来唱片公司全体终结于网络付费音乐时代，严静就不再工作了。但对唯美事物天然的鉴赏力，不能荒废，于是三十八岁的她烤出了蛋糕烘焙班最漂亮的作品。烘焙班老师说：“哦，严静，你真的让红丝绒蛋糕呈现出丝绒的光泽与质地。”其他主妇说：“哦，严静，你当烘焙老师也绰绰有余。”

北京很多出租车司机，开车时都喜欢收听索菲亚的电台节目。年岁渐长，她的声音越来越有磁性，有时她还会故意变出一些出神入化的、戏剧化的嗓音，“欢迎收听欧美音乐流行榜，我是索菲亚。”她的工作从这句热情洋溢的话开始。索菲亚这个名字，当然是出于工作需要。不过严静平时也这样称呼她，索菲亚，她有时候会突然想不起来索菲亚原本的名字。

她们多年前在唱片公司的工作中认识，因为索菲亚喜欢播送严静为唱片写的广告词。不过那时她们并不怎么亲密。后来严静不再工作，她们的来往反倒更频繁。

晚餐前，曾凯峰看似是对着他钟爱的餐具们宣布的：“我和严静三天后就飞了，去马尔代夫，五天四晚。”之后他像是要拥抱严静，为这句话增加一些效果。严静躲开了，她张开十根手指，给他看满手的蛋糕粉。她知道，他的话听起来，是一种惊喜，不过在一个月前，她就为此假装惊喜过一回了，如今只剩下那些烦琐的部分，像手上的蛋糕粉，需要她集中精力应对：行李，护照，换外汇，通知保洁阿姨更改时间……诸如此类。

需要表现出惊讶的是索菲亚，她拍了一下手，说：“真的吗？太棒了，可以去浮潜，马尔代夫，风清沙白，这是不是麦兜说的？”

说完，索菲亚推搡着身边的王岩，说：“我也想去马尔代夫。”严静想：这大约也是表示惊喜的一种方式。索菲亚去过很多国家。

王岩说：“去啊，只要你能请下来几天假，我们就去。”他从沙发起身，踱步到餐桌边，开始帮曾凯峰布置杯盘，之前他一直像一只抱枕一样在沙发上无所适从。他看起来也弄不准曾凯峰想把这些复杂的酒杯与碗碟摆成什么样子。不过在餐桌边，他至少显得自如些，因为他忙着让一个个小盘子换了位置，之后又立即换回来。

“根本不是请假的问题。”索菲亚否认，但语气并不理直气壮，更像是一种习惯的娇嗔。

严静去厨房，端出金属托盘，托盘上的食物像是艺术品。她说：“我又不会游泳，真不知道去马尔代夫做什么。”

索菲亚说：“别这么说，我想马尔代夫一定有你可以玩儿的东西，就算不游泳，拍拍照发朋友圈，都是好看的。你可能得多带几条裙子，还有比基尼，哦，还有防晒霜，不过，这些事，我就不操心了，你比我擅长……”

严静朝索菲亚笑，说：“你们也去啊，结完婚，去度蜜月，马尔代夫最适合度蜜月了。”

王岩赶紧说：“这真是个好主意，去度蜜月。是吗，索菲亚？”他是位壮实的大学老师，几年前踉踉跄跄地走出第一次婚姻。他浓眉大眼，脸颊上总有刮不净的胡楂，给人的印象是粗犷而坦荡的，绝不会有恋爱中人的敏感的小心思。但严静刚刚明白，这不是真的，谁都会有小心思，尤其荷尔蒙旺盛的恋爱时期。王岩刚才去到厨房，她以为他想帮她摆弄托盘，但他站在那里做的唯一的事，是喝光了满杯红酒。

“说吧，什么事？”严静停下手中搅拌的沙拉勺，问道。

王岩满脸红光，吞吐着说出他的来意，他还充满歉意地解释，这其实都是曾凯峰的主意。因为王岩对索菲亚没把握，而严静和曾凯峰的生活令人羡慕，他希望这能让索菲亚也开始向往婚姻生活。

这听起来很滑稽。严静想：他们就像动物园里被观摩的猴子夫妻。不过她还是对王岩含笑点头，体贴地把手抬得很高，拍拍他的肩，让他务必放心。

王岩在去年夏天向索菲亚求过婚。他预订了世贸天阶那块巨大的 LED 天幕，他们吃过日本料理，散步到天幕下方的广场上，天幕上就突然出现了索菲亚的照片和名字。照片下是两行粉红色的字，中英文双语——“你愿意嫁给我吗？爱你的王岩”。据说这个汉子问了不少女学生，她们告诉他，这是时下北京最浪漫的求婚方式，没有女人能抵挡来自天幕的求爱。他花了一笔钱，以为胜券在握。当时和她站在一起的，除了王岩，还有她为数不多的女性朋友，严静也在。她们都收到他的邀约，提前知道会发生什么，也提前知道在什么时刻尖叫、欢呼，为索菲亚的幸福喝彩，她们准备了鲜花，准备了许多祝福的话。她们还都以为两人很快就能喜结连理。

一年过去了，仿佛他们求婚的事，根本就没发生过一般，再没人听说他们如何计划婚礼。朋友们有议论，都说做媒体的女性极少能有幸福的家庭生活，因为工作时间从不固定，所以索菲亚才会对结婚心存恐惧——如果不是恐惧，那还能是什么？

索菲亚回应朋友们的理由，是她工作忙碌，她努力到现在，有了不少粉丝，总是在后台给她留言，其中还有些十分火辣的表述，她不能对不起粉丝的热情，所以她向来不怎么请假，而结婚大概需要请很多假，结婚后，如果再生小孩，那就还需要更多空闲。

听起来全是无关的借口。

严静到餐桌边坐下，在她常坐的位置，面朝对面墙上那面圆形铜镜，这会方便她时刻关注自己的形象。她看见铜镜里的自己，面目并不清晰，铜镜毕竟是古物，但她垂肩的头发有饱满的轮廓，她下巴有微微陡峭的部分，这在镜中都清晰可见。这样的观照总是让她迅速调整状态——她不确定自己刚才提到蜜月的话题是否如王岩所愿，但她很高兴看到索菲亚闪烁其词。

索菲亚懒懒地走过来，坐下，才说：“我不知道，我还没想过蜜月的事呢。我太忙了。”

严静想：她的一言一行都表示，她在拖延。

王岩说：“你看，她总是这样，说到这个就转移话题。”像着急给老师告状的孩子。他四十三岁，自尊心对他来说，也许早就不算什么大事。

“也是，你们应该先考虑婚礼，那也是个大工程。”严静倒着香槟，早就打开了，气泡没那么充足，不过酒的颜色看上去很美，“幸好你认识我，我可以承包你的婚礼蛋糕……”

索菲亚可能装作没听见，也可能，她只是不想在严静和曾凯峰面前谈论自己为什么还不结婚的话题。是啊，看起来她万事俱备，就差最后一步，她毫不费力就能走过去的一步。她倒是很多次说过，自己从来没有体验过家庭主妇的生活，她总觉得还不到时候，不能就这样了。

他们埋头吃东西，有一阵短暂的沉默。镶金边的餐具碰撞、摩擦，发出悠扬悦耳的声响。此外王岩咀嚼的声音也格外响亮。严静猜他可能是故意的，用粗鲁的举止作为暗示。人们都知道，严静从不允许紧张的气氛笼罩她的晚宴。严静把视线躲进那面铜镜里，她认为铜镜中那张脸也在提醒自己：那就说点儿什么吧。

“索菲亚只是正常的婚前恐惧，没关系，给她一点儿时间。”严静字斟句酌。她还轮番凝视索菲亚与王岩，似乎他俩才是猴子夫妻。

王岩说：“给索菲亚一点儿时间？”

他的语气却像在说：“开什么玩笑？”

索菲亚突然笑起来，仿佛严静讲了一个深奥的笑话，她考虑再三才领悟到还是有些可笑的。她问严静：“是吗？婚前恐惧？你当时，是不是也……”她真像是急于还嘴的小女孩，把目标从自己身上千方百计引到别处去。

严静忽然意识到，索菲亚没准儿是想从她这里得到确认，她想知道她是否同样犹豫过。这让她暂时不想回应索菲亚了，她耸耸肩，让索菲亚以为她不过是默认了。然后，大不了，她还可以说点儿别的，反正她并不认为自己的婚姻多么值得一提。

是曾凯峰来了兴致，这位成功人士，无论哪方面，都自以为有很多经验，亟须分享给后来者，为什么不呢？他说：“严静啊，那是，当时，你们知道吗？就在准备领结婚证前一天晚上，她突然不干了，说这个婚，她不结了……”

“为什么？”王岩紧张地问。这不是他想听到的事。

“我不知道，可能就是，婚前恐惧？”曾凯峰像在说一个玩笑，他说话时甚至没有中断举杯和咀嚼。十年之后，也许在他看来，那件事确实就是个玩笑。唯一的影响是他们的结婚日期因此推迟了一个月，不过相比一生而言，一个月多么微不足道。

“还有这件事？从没听你们说过。严静，是这样吗？当时发生了什么？”索菲亚兴许是故意的，让嗓音变得慈祥，模仿情感节目中总是由中老年女性担任的访问者，循循善诱。

“没什么，就是……不管怎样，只是晚了一个月而已……”严静很久都不去想十年前那段时期了，她在按部就班走进新生活的途中，忽然被意外扰乱。

曾凯峰抢着说：“还是我来说吧。严静不好意思说这件事，我想是这样吧？亲爱的。”他俯过身子，搂了搂妻子的肩，又放开。严静闻到他嘴里的酒气，但她也没有刻意避开，因为避不开，她干脆也喝了一口酒。

曾凯峰说：“本来我们打算第二天就去民政局的，她当时在厨房煮面，那时候我们不住这儿，还住在二环边上那套单位分给我的小房子，那房子设计得很奇怪，最大的窗户在厨房，你能想象吗？哦，这不重要，话说回来，那阵子我单身，她在厨房煮面，我去厨房，说了两句话，我都忘了我说什么了，都是那种无关紧要的话，突然她就说她不干了，做不到。她是真的做不到，因为那锅面都煮干了，她都没注意到。想一想，当时，我听到这个，完全不知道发生了什么，我们说得好好的，第二天就去民政局了……”

“什么也没发生，不是吗？”严静用酒杯轻轻碰着他的胳臂，希望他留意到她的提醒，不要再说下去了，这让一只张牙舞爪的龙虾，从他的筷子间滑出去，落到盘子里。他干脆放下筷子，接着说：“是的，是什么也没发生，但后来我们不是聊过吗？你说你就是紧张，很正常的心理现象。”

他对索菲亚说：“她当时的样子，你不知道，我一辈子都记得，就像是犯了错的人，完全不知所措。我本来很生气的，因为她不告诉我原因，没有原因，就是这个婚不结了，多奇怪不是？”

严静没料到，十年后，整件事会以这样的口吻被谈论，像是不必要又可笑的调味品，比如迷迭香。不是她钟爱的那些简约不简单的料理。她也是第一次听丈夫这样形容，原来她当时的样子，是像犯错一般不知所措。

她可不这么认为。

有高昂的租赁和管理费用，增加了品牌的经营成本，拉大了产品与消费者的距离。超市及其他销售途径则不同，除遍布各个角落的特点增加了消费者的便利性，不时地打折还能使走大众化品牌道路的产品在价格上更具有亲和力。

在国际市场营销中，许多企业原以为取消中间商就能以较低的成本取得较好的营销效益，这其实是一种误解，实际情况并非如此。因为倘若取消中间商，中间商的职能就要由制造商自己来承担，从分销渠道成本的角度来看，这种做法未必比利用中间商更合算。在进行分销渠道设计决策时，是取消中间商合算还是利用中间商合算，需要认真对比分析自销系统和中间商分销系统的成本高低，在两者之间找到一个平衡点。比如某家具制造商想将其产品线推向马来西亚西部的零售店，它可从以下两个渠道方案中进行选择：第一个方案是雇用 10 名推销员，在该国西部设立销售处，待遇是底薪加提成；第二个方案是利用吉隆坡的销售代理商，它们与西部地区的零售商已有广泛的联系，并可派出 30 名销售代表，按销售业绩支付佣金。两种渠道方案究竟怎样选择呢？一种看法认为公司推销员的销售业绩会更佳，因为他们专注于推销公司的产品，推销员的前途与公司未来有密切关系，他们不仅积极肯干，而且在推销方面受过良好的训练，成功的把握更大。从消费者方面讲，也更愿意与制造商直接打交道。另一种看法却认为销售代理商也完全有可能干得更好，因为它将派出 30 名销售代表，相当于公司推销员人数的 3 倍，其工作积极性也可能与公司推销员不相上下，这要看公司提供的佣金多少。代理商的一大优势是在当地有广泛的社会关系和多年积累的市场营销经验，不必像公司推销员那样从头做起。再有，从消费者角度看，有的顾客更喜欢与经营几家产品的代理商而不是一家公司的推销员打交道。由上述分析可知，每一渠道方案都有其特定的成本和销售额，接下来就要评估每一渠道方案的不同销售额及其成本。如图 11－5 所示，雇用销售代理商的成本开始可能会低于公司派出推销员的成本，但代理商收取的佣金比公司推销员的佣金要高，因而代理商的成本增加较快。

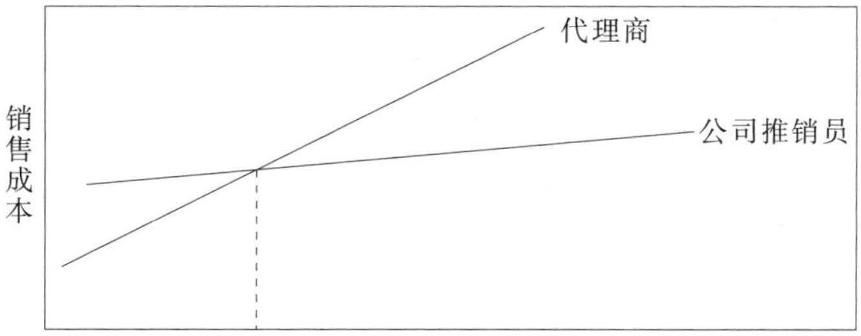

图 11－5　直销与代销的销售成本变化示意图

八、覆盖率

覆盖率是用来衡量企业产品的市场覆盖范围的，即企业在国外销售产品的市场

那天他出现在厨房，她在打鸡蛋，那时她是一名完全不通厨艺的未婚妻，但能做简单的鸡蛋面。她看着蛋液，从那么微小的一点儿，膨胀成庞大的一团。她停不下来，一直用筷子抽打，一团蛋液不断膨大。

也许不停地抽打，能让她好过点儿。后来她这样想：就是惯性，你习惯了打鸡蛋，就会讨厌看蛋液倒下油锅、膨胀定型。

“后来呢？”索菲亚问。

严静为这个问题的愚蠢程度感到惊讶，因为没有后来，后来就是他们结婚了，过了十年，他们还会有下一个十年，再下一个，很多个。

“后来？后来她可能想通了，我一点儿也没有责怪她，我特别理解，是吗？亲爱的。”曾凯峰说。

严静没笑，也没有如惯常那样，称丈夫为“亲爱的”，作为对彼此爱意的夸张回应。她微埋着头，专注地从嘴里抿出一根细小的鱼刺。但没准儿更多鱼刺已经被咽下去了，不过她意识不到。

十年前的那一天，她终究把发白的蛋液倒进了平底锅。蛋液像美味又剧毒的河豚鼓起球形的鳃。那时曾凯峰已经出门，他后来说，他之所以离开，是想给她留一点儿空间，或者时间，多么通情达理，他认为她只是需要静一静。她设想过，如果不是他给她这一段静一静的时间，也许她终将按捺不住，她会受不了，会告诉他发生的事情、她的内疚或恐惧。偏偏她静一静了，偏偏她也像蛋液在锅中迅速膨胀继而又迅速平息。她什么也没告诉他，事到如今，才让他会如此扬扬得意，嘴泛油光地来炫耀这件事。

“这样说的话，我想，我可能也是婚前恐惧，心理学上好像真有这么一说。不过，你当时什么感觉呢？严静，可以说说吗？”索菲亚说得很慢，也很温柔，仿佛前一个字出口，才去想下一个字。

严静知道索菲亚在期待什么，她肯定希望她最好把婚前恐惧的症状说得更严重。婚前恐惧，这对索菲亚来说，倒是一个不错的借口。她还听见索菲亚对王岩说：“你听听，不只我这样。”

严静说：“其实，我也说不清。事实上，那天我刚刚知道，一个我认识的人，女人，去世了，才四十多岁，就是那一天知道的。”她没想到自己会说这些——可能她就是不想如索菲亚所愿，她才不是因为什么该死的莫须有的婚前恐惧。

但她惊讶地发现，自己说得这么轻巧，而多年来她从未提起过那个女人的死亡。

那天她去曾凯峰的老房子，穿着新买的白裙子，有层叠的绲边，为第二天去民政局领结婚证。在等他下班的时候，她打开电脑上网，胡乱看着网页，在一个论坛上，她看到那个女人死亡的消息，标题后面是一行长长的感叹号，感叹号在正文中也到处都是，写这则消息的人想是跟她一样，无比震惊。她在感叹号之间寻找有用的信息，知道死者生前长期抑郁。她的死是自杀，因为她把所有抗抑郁药和安眠药，一股脑儿全吞了下去，千真万确，必死无疑。曾凯峰回来的时候，她满脑子都是感叹号，还有很多问号。

“我不明白，”曾凯峰摇着头，“那跟你不想结婚有什么关系呢？谁死了？”

索菲亚说：“是不是因为你们很要好，你很难过？”索菲亚看上去对她充满同情，仿佛索菲亚已然理解这一切。

曾凯峰说：“我从来没听你说过。”

严静无奈地笑，她看见镜子里自己的笑容，有不易察觉的嘲讽，有居高临下的味道。

严静说：“那倒也不是，我跟她不熟，说出名字，你们也不会认识。我是难过，毕竟她很年轻。”

“我还是不明白。”曾凯峰也放下筷子，两臂撑在桌上，双手叠起来，捂着下巴，这是他在那些会议上遇上棘手的事情时，常做的动作。“既然又不熟……不至于……”

“没事的，”严静说，深吸一口气——似乎这样做才能接着说下去——才又说，“亲爱的，都说了，就是难过，有一种力量……”

“力量？”

“嗯，就是直觉，直觉的力量，没那么复杂，莫名其妙的直觉……可能我不想那么年轻就死掉……”严静突然笑起来，像是猛地认出眼前的人，竟然是自己的丈夫。

“那，怎么会呢？”曾凯峰说得太自信了，“结婚了就会死掉？不结婚也会死掉啊。”

严静说：“没错，现在，我当然知道。”她知道自己隐藏得很好，最难受的时候，她也只是在洗澡的时候哭了一次，因为这样就没人会知道她哭过了。

“我奶奶去世的时候，我很难受的。”沉默许久的王岩突然说。严静没看他，只看见对面铜镜里，自己的轮廓线像一座逐渐坍塌的塔。她知道他们谈论的根本不是死亡，而是活着的事情。

索菲亚问严静：“那你是怎么想通的？我是说，你们一个月后，还是结婚了，怎么想通的？”

曾凯峰说：“因为她想通了，因为直觉，索菲亚你也会想通的。”

索菲亚哼了一声，接着问严静：“到底是怎么想通的？”

严静可以谈论之后发生的事情。曾凯峰出门，让严静独自静一静。她让蛋液下锅，她面前是厨房那扇硕大的窗户。在三层楼上，她看见曾凯峰，他倚靠着楼下一个大红色的金属桩，可能是消防栓，两侧有形似玩具车方向盘的转轮，她看见他一只脚踩上其中一个小方向盘。

严静说：“我突然明白，他是故意站在那个位置的，或者我希望他是故意的，正对着厨房的窗，更容易让我看见，让我知道他没走远，他害怕我看不见他会着急。不过他摔门的动静，一点儿也不像体贴的丈夫，也不像就要新婚的男人。但其实他很理智，因为他走之前还确认自己带走了钱包、钥匙、手机以及身份证，‘伸手要钱’，他每次出门都要念这个口诀。”

索菲亚摊开一只手，笑着重复：“伸手要钱。”

严静说：“是的，不过我后退了一步，因为担心他抬头看见我在窗口，那太可笑了，不是吗？在我告诉他我不能跟他去领结婚证之后，我不能让他看见我还在窗口望着他。”

曾凯峰大笑，举着自己挑选出的酒杯：“我怎么从来不知道？原来是这样。”

严静喝了一杯，心跳突然加快了，像刚完成一次跑步比赛，有危险的路段，不过她跑过去了。“亲爱的，就是这样。”她说。

她总是能安稳度过的。二十二岁从中文系毕业，一张白纸地就进了唱片公司，在旁人看来是一种更危险的处境，因为演艺界总有那样的男人，让女孩们以为他们是拯救她们的骑士，只要跟着他们，她们就能快马加鞭，一日看尽长安花。那阵子她很是春风得意，她没能让自己成为例外。那男人和她之间，其实也不全是利益交换，她清楚，不像人们通常想象的那样，也有些朴素的温情、细微的关怀，成为出租房内的慰藉。比如是他让她为平庸的唱片写出非比寻常的广告文案，没人知道那些文字都是出于爱情，爱情让女人文笔优美，充满煽动力。

她度过了危险的关系，在曾凯峰以白净利落的青年才俊形象出现之前，一切早已结束。她和那男人的分手在意料中，很干脆利落，然后再无联系。

所以这一夜也会过去，和很多夜晚一样，她唯一的身份只是被称道的女主人，她与她漂亮的蛋糕时刻待在一起。她结婚后开始学烘焙，烘焙班的广告语说，烘焙会让她像个好女人。那时她以为自己再也没有可能做一名好女人，这广告语简直是为她量身打造，她得让自己像个好女人。

那女人的死跟她无关，严静甚至从未见过她，但这不妨碍严静对她了如指掌。她知道她的工作单位、作息时间、行车路线，甚至知道她在哪家医院开药，每日服药三次，药物的副作用是失眠和发胖，所以那个女人还需要吃安眠药，严静还知道那女人罹患抑郁症的原因，显而易见，是她在唱片公司任职的丈夫。每个人都有自己特定的诅咒，她的丈夫就是她的诅咒，准确地说，她的丈夫身边的姑娘们，才是她真正的诅咒，姑娘们层出不穷，愚公移山般地挪走了她的命。那个女人一直在诅咒丈夫身边的姑娘们，又对她们无可奈何，她只好拿自己的命去诅咒她们，她一定以为一条命的分量足够让诅咒应验。

至少对严静来说，诅咒应验了。有两年多，她总是回想起和那男人在一起的夜晚，那女人打来电话，歇斯底里地吼，即使隔着他的手机，严静也听得清楚。严静从未对那个家庭的关系做判断，就像那时她也不会对自己和那男人的关系做判断一样，那就是一个悬而未决的年龄，似乎可能性极大。但她知道，那些歇斯底里，还有药物、失眠、疼痛……一定有部分，多多少少，与自己有关。结婚后，她更加确信，因为她开始知道，在两个人分享的空气里，一丝丝的陌生气息都会被放大。她为此害怕，也不知道找谁来原谅自己。幸好烘焙班的广告词告诉她，她还可以让自己像个好女人。

“我觉得蛋糕差不多了，我去看看。”严静去到厨房。一切都合适得如她心意，烤箱内明黄色的小灯泡刚刚熄灭，清脆的叮咚一声，烤箱的工作宣告结束。

他们品尝继而轮流称赞过完美的蛋糕，严静说：“戚风蛋糕是最简单的，主料只需要鸡蛋、牛奶和面粉。我想我们都得活得简单点儿，别想那么多。”

索菲亚显然很困惑：“戚风？这名字好奇怪。难道不应该叫鸡蛋糕吗？这不是最简单的名字吗？”

王岩说：“戚风，似乎在英文里也是雪纺绸的意思，还有另一种意思是松软，那么，在这里，戚风的意思应该就是松软了？”

索菲亚摇着头。也许她不喜欢王岩卖弄他的学问，也许她只是不喜欢他这个人，严静想。索菲亚的英文一点儿也不差，毕竟是主持欧美音乐排行榜的主播，不过她的词汇量也确实不如王岩，所以他们根本不合适。

雪纺绸，也是戚风的含义，这在严静是第一次听说，她不喜欢雪纺绸，那种花纹繁复的廉价面料，一点儿也不简约，十分不高级，为什么跟她喜欢的简约不简单的戚风，竟然是同一个单词啊?

这真是整个夜晚最令她沮丧的消息了。

三天后，严静和曾凯峰抵达马尔代夫，他们住在一栋水上屋里，水上屋建筑在纯净的冰蓝色的洋面上。房间内的地板有一小块是透明玻璃制成，严静坐在藤编躺椅上，小海鱼们舒展着五颜六色的翅膀，在那一小块玻璃下游弋。

曾凯峰未免觉得这样的时刻过于无趣，他喜欢的是马尔代夫能提供的别的部分，比如每天上午营业出租的沙滩摩托、出海捕鱼的游乐项目，还有浮潜。他把下午大部分时间都花在水里，从水上屋一侧的小扶梯，他直接下到海水里，头戴呼吸管，再慢慢下蹲，直到被水面完全淹没，他让自己沉下去，水面之上只露出一小节塑料管，仿佛从水里钻出来的蛇头。有一次他在水下的时间太长，严静开始担心，然后大叫他的名字，直到他露出脑袋。每到黄昏日暮，总是他最疲倦的时刻。他淋浴后就躺在床上，翻着广告画册，琢磨第二天的游乐安排。

所以他们对这片海岛群有着迥异的理解，但这没什么，不妨碍他们相敬如宾、心平气和地恩爱。她想这就像即便戚风有两种迥异的含义，也不妨碍戚风蛋糕的美味。她从前以为婚姻会是挫骨扬灰的过程，如今她希望所有人都被挫骨扬灰一回。她知道，那个女人是被逼上死路的，而她向那个女人身上投过石头，不是最大的、最致命的那块，但也不是最小的、让她毫发无伤的那块。然后她死了，严静再也不能收回那些扔出去的石头，再也不可能。这足够让她彻底改变。

曾凯峰说过，既然严静已经承认被一种经医学证实的普遍性的“婚前焦虑”困扰，才会有反常表现，就意味着这件事到此为止。他们一个月之后拿到结婚证，这一过程朴实而温情。出民政局，他们在小餐馆吃有很多褶子的小笼包，两人都吃得狼吞虎咽，好像从来没吃饱过的人。严静不停地吞咽，只是因为她等着丈夫开口，问点儿什么，但没有等到。她很久以后都记得他站在楼下踢消防栓的样子。她想象过一些场面，比如消防栓因为被太多人踢过，龙头松动，大股的水冒出来，他受到惊吓，破口大骂。但糟糕的事情很多时候其实并不会发生，他一个小时后上楼回家，他们什么也没吃，什么也没说。她收拾好厨房，离开他的家。

如今她依然这么想：她会在丈夫脚边拖地，墩布蹭着他的脚边滑过，她也不会抱怨他连脚也不抬。他们的卧室塞满了无用又硕大的各种东西，巨大的按摩椅将床与窗户之间不大的空间完全占据。他给她买了两张梳妆台，都挤在床的另一侧，因为她说第一张梳妆台的镜子不够大，他就又买了一张，却没有想办法处置掉原来的，他们不得不为新的梳妆台腾地方……她为这些事情忙来忙去。遗忘比她以为的要容易和迅速。朋友们对她说："你结婚后就像完全换了一个人。"她会不停地去照古旧的镜子，明白他们都更喜欢她现在的样子，除了她自己。

在马尔代夫的露台上的某一刻，她觉得世界上只有她一个人，她需要面对自己，以及索菲亚跨越大洋发来的邮件："我想知道到底怎么回事。"

严静对着手机屏幕微笑，屏幕在黑暗中映出她阴森森的笑脸。她给索菲亚回复："你和王岩很合适。"

她没想到会立即收到索菲亚的回复，这种彼此心知肚明的交流像是在黑暗中握手，抚摸对方手心的老茧，但谁也不会提到那些老茧。索菲亚回复说："我明白你的意思。重要的是总要有个决定的，对吗？没人管你决定之后怎么办，都只催着你做个决定，反正都是你自己选的。没人在乎戚风是什么含义，松软或者雪纺绸，别人看来根本无所谓。所以，我还不想死。"

她摁下几个自己都不相信的字，发给索菲亚："乖，你不会死。"

然后她把手机放在身边，不再理会，仰头就看见深蓝的天幕上，细小的星星们，像某种无辜又狡黠的小动物，成群结队，气息微弱却恒久地悬停于人们头顶上半圆形的夜空，发出同样微弱的光。她知道这些微光始终都在，尽管白天，她完全不会想起它们。

密　封

泡荔枝酒是他们共同的决定，因为她刚好在朋友圈看到用水果泡酒的方法，而他又刚好在为吃不完的荔枝发愁。

“多好的荔枝啊！”他颇费周章地腾空了冰箱，为把荔枝放进去。冰箱中原本放着的蔫掉的绿叶菜，于是被甩在厨房水槽里。干黄鱼被扔在猫食盆边，不过他们的猫——一只名叫“摩根”的九岁公猫——只凑过来闻了一下，就走开了。

“这猫被你惯坏了，只吃虾不吃鱼。”他低头看了一眼猫，跟平常一样责备她对猫太过慷慨。

“因为这是干掉的鱼，我不知道我们为什么要把干掉的鱼一直放在冰箱。”她说。

“不知道还能不能吃。”他有些痛惜，“连猫都不吃了。”

“大概觉得干掉的鱼怎么也放不坏……”她一边说，一边把成捆的荔枝递给他，“荔枝不会也干掉吧？”

“荔枝不会，我保证，我会尽快吃掉。”他说。

她听来觉得，他做保证时的语气无论是说干黄鱼还是荔枝，都过于严肃了。

干黄鱼是冬天的时候由浙江的朋友寄来的。他们收到的当天，便吃过一次，两人都觉得无福消受这种味道。之后半年，它们就一直待在冰箱里，占着一格地方。她每次拉开冰箱门，总能第一眼看见干黄鱼那硬脆的塑料包装袋，继而感到一阵忧心，仿佛拉开衣柜，第一眼便看见一时兴起买下的小号牛仔裤的心情——暗自不满自己为何如此荒唐又浪费，懊恼于自己对某些微小但重要的事没多留心。

于是有时，她便会说“我们什么时候把干黄鱼吃了吧！是好东西呢”。

他会说“好的，等什么合适的时候吧”。

但永远也不会有“什么合适的时候”，他们各自在单位食堂解决两餐，早餐是不必要的，就像干黄鱼对他们来说也是不必要的一样。

她提议吃掉那些鱼的时候，也会想：我甚至不知道应该怎么做鱼。光是按照母亲在电话里传授的办法——蒸一下，显然不够。

他们唯一品尝干黄鱼那次，兴致勃勃地采用的是已成为家族传统的蒸一下的烹饪办法，但显然，效果不尽如人意。她不知道是哪个环节出了差错，那次可贵的下厨尝试贡献出的终究是干瘪咸涩的鱼肉。随即整个事件就像一团沮丧的阴云，长久悬浮在两人头顶。而他们，都不约而同避免抬头，以免撞见那久存于长空的阴影。

春天过去，夏天接踵而来，干黄鱼的阴云渐渐被忽略，这就到了荔枝的季节。

荔枝是好东西，因为它不需要烹饪，她越来越相信不需要烹饪的食材都是好东西，自从上次随同事聚餐，她平生第一次去上等日料店之后。其实特殊的鱼类，又确保新鲜的话，也可以生食——这是她在日料店之旅中学到的第二个知识。

周末早晨，他收到快递的送货短信，两个白色泡沫箱已经摞在了家门口。他们齐心协力拆开泡沫箱，箱子里的冰袋竟然只化掉一半。圆滚滚的红色的小颗粒簇拥在冰袋下——太多了，都让她顿时有种生活富足的感觉了。事实上，这远比富足的感觉更好，因为如他说，“也是那位南方的朋友寄来的”。不需要花钱的富足，当然更好。

作为一份礼物，千里迢迢被快递到北方的荔枝应该显得很郑重吧，毕竟几百年前就有了一骑红尘妃子笑的典故。不过她暂时想不到这些，因为如今荔枝算不得是多稀奇的东西，超市和水果店总能买到，价格随时令波动，差别很大。她偶尔会在荔枝最当季的时候以最划算的价格买两斤，尝鲜。

她由此知道，他在他工作的研究所里受人尊敬，尽管他尚且年轻，是团队里最年轻的硕士。工作三年来，每年总有两三次，他会收到什么地方寄来的礼物，都是某个地方的特产——比如干黄鱼，比如荔枝，还比如红茶、豆腐干。想来研究所只是学术机构，但它依然因为种种原因被各地仰仗。研究所发布的成果与各地经济项目的进展之间存在千丝万缕的联系，不过这些微妙的利益牵扯并不在她的理解范畴之内。她相信眼见为实，而这些礼物在她眼前，就是一种无言的证明，证明他努力工作并有所回报，也证明他能相当妥善地为人处世。她相信他在这座城市有了自己的一席之地。虽然他目前显然还算不得功成名就，但他迟早会成功的。他的一席之地，迟早变成一大片领地。

他说起这些东西时，总带着一点儿无奈。“哦，这是合作方寄来的，没办法。”但他又总是提到合作方以及他们出于礼貌与热情给予的馈赠。她喜欢他这种表达得恰到好处的无奈，像是在北京工作多年且见过世面的人物应有的那种不经心或不在意的样子。

冰箱满了，再也没有地方能挤下泡沫箱里的小半箱荔枝，她用大玻璃碗把它们装起来。这时他已经在沙发上，他想挑选一部电影，他最终选了《妖猫传》。她认为不错，古装电影更适合搭配新鲜荔枝，而平时他只看战争片。不过古装片合她的胃口，于是她也坐了下来。装荔枝的玻璃碗就在沙发上，在他们中间——这是难得的时刻，比起平日里他们各自在电脑上看电影的周末时光来说。她感觉气氛终究有些不寻常起来。这时电影漫长的序幕播放结束，终于出现了片头字幕。那个变体的“猫”字提醒了她，她想：可能他选这部电影是因为依然对猫不满。不过猫已经不是一个话题了。摩根跟他们一起生活了三年，在此之前它是一只流浪猫。他们带它去宠物医院，得知了它的年龄，也得知了它身体健康，于是它就被留在他们身边了，并拥有了名字。“摩根是一个伟大银行家的名字。”他告诉她。她认为他用银行家的名字为猫命名，含义复杂。此后，他们再也没提起过银行家，连银行的话题也不会出现在他们的日常对话中。再后来，他们也不需要谈论摩根——这只猫了，因为他们都已经知道如何让他们三个在同一屋檐下各自舒适。

摩根趴在她的腿上，而他的腿上放上了玻璃碗。电影略显拖沓时，她便伸手去碗里拿一颗荔枝。他一直忙着剥荔枝，跟她一样自在。电影还未过半，玻璃碗里满满都是鲜红的荔枝壳。于是他关了电视，伸着懒腰，准备去小睡一会儿。猫从她腿上跳下，她喜欢猫尾巴扫在腿上的感觉，便也想睡一会儿了。总之，这个周末有一个令人满足的像荔枝一样圆满的开端。

他先醒来，是下午，窗外阳光正蓬勃。他嘟囔着说牙疼。她被吵醒了，默默想起他拥有两颗桀骜的智齿。

“我早应该把它们拔掉”，他以前牙疼时总会这么说。但疼痛过去，这句话就被遗忘了，就像被遗忘的智齿一样——它们只能以疼痛来宣示自己的存在。此刻智齿的存在感尤为强烈。他用漱口水漱口，后来又跑去厨房泡了盐水漱口。嘴里含着盐水的时候，他发誓要一劳永逸地解决掉这东西。

“牙疼是因为你上火了。”她欣赏他性格中这果敢的一面，然而他有时会忽略问题关键的症结。

他吐出盐水，龇牙咧嘴了一番，才嘟囔出两个字——“废话”。他这样说只是因为，比起她，他对自己的牙齿和疼痛都更了解。

“我是说，你吃了太多荔枝了，所以才会上火。”她更像是在为自己辩解。

“真的吗？”见他扭曲的表情，她弄不清是否因为牙齿。

他继续表情扭曲着，埋头拨弄手机，突然，“还真是！”他叫道。

她还在午睡绵延出的困倦中。人们如果在白天睡着，便总是需要花更多时间清醒。于是她觉得自己似乎忽略了什么，但想不出来。况且她隐隐约约地觉得体内某个器官也有点儿疼。她闭眼感觉了一阵，但捕捉不到那一点儿疼痛的因子。

他去了卫生间，又回到卧室，朝她走来。他嘴里咬着洗脸的毛巾，像电影中被绑架的人嘴里总勒着一根布条那样，两腮都鼓起来，紧绷绷地，显示他正用力地咬着毛巾。他这样子有点儿滑稽了。不过她并不愿在这时取笑他，因为他痛苦的样子有些狰狞，连猫都害怕起来。摩根是最喜欢抓毛巾的，此时也从她身边窜下了床，一溜烟就不见了。

“很难受吗？”她让自己集中注意力，为此她温柔地拍他的背，想这样给他安慰，又觉得这样子很奇怪，因为他疼痛的部位又不是后背。他偶尔也会背疼，因为在办公室久坐不动地工作，伏案、敲键盘、写文案，长久的加班难免让他和他的脊椎相互折磨。

这样一想，她心里一软——他多么不容易啊。

“吃点儿清热去火的药，应该就没事了，上次也是这样，上次是因为羊肉。”他过了好一阵，才吐出嘴里的毛巾，提出解决方案。

她宽容地笑了，松了一口气，好像她早知道他会这么说，不过在他开口之前，她都得紧张地等待着。

他总是能找出解决方案的。而她，只需要默默支持他就够了。

他给自己找了几片药，在这些事情上她也帮不了他，他们所有的东西都由他整理收纳。他要让她过“随心所欲的生活，不想干什么就能不干什么”。三年前，他就是这样向她告白的。在这座城市的同龄男人中，这种告白过于朴素了。然而朴素到极致，竟显出浪漫来。幸运的是，她是能领悟其中浪漫的那种女人——不是所有女人都会被虚无的承诺打动，她们需要更实在的东西。她此前还从没有想象过有一种生活叫作“不想干什么就不干什么”，她那时唯一知道的一种生活是“我应该干什么”。她既然已被这种“随心所欲”的告白或承诺打动，便从不怀疑他践行承诺的决心，因为三年里，她眼见着他如何为他们的未来拼命努力。她知道，研究所的工作可不仅仅意味着要对实验室里那些复杂设备的按钮的用途了然于心，以及争取在英文期刊上的论文末尾拥有英文斜体的署名，还包括为争取经费夜以继日地编撰宏大的方案，以及，对他这样的年轻人来说，在实验关键阶段持续三五日地废寝忘食地值守。上述这些，他都做到了，而她呢，也确实都“随心所欲”了。她确实让自己免于打扫房间、整理物品等这些她从不擅长的琐事，因为这属于她的“随心所欲”的一部分。

她不会平白享受他的照顾，她自会用她的方式回报他。相爱不就是这样一件事吗？你们各尽所能，奉献出自己最美好的那一点儿，让对方最不美好的那一点儿，因此也至少，显得美好了一些。

比如她总能让他在沮丧时心情好起来。他说过：“你就是我身边的吉祥物，你什么也不需要做，就会把好运气带给我。”

现在，这个吉祥物也是这样做的。她不歇气地说着网络上的段子，为逗他开心——他的注意力不能总想着不知趣的牙齿。

目光从手机上挪开时，她会见到他鼓起腮帮子，挤出一些苦笑的样子。他已经尽力来让自己的苦笑能配上段子的笑点了，但仍时常不能让笑容出现在适当的时候。她看见他有些刻意的跟不上节奏的笑容，反倒笑了。笑过，她笃定了不少，因为她知道，这样已经足够了。

牙疼是这个周末的小小意外，不至于影响某种初夏天气里才有的甜丝丝、暖烘烘的气氛。她一直讲着，时常自己忍不住，先就笑不成声了。笑过了，某些时刻，她也觉察出这些肤浅的网络段子是多么雷同、多么无趣。她自信倘若给她足够时间，她能编撰出一百个更好的段子。但这种消沉时刻于她来说，总是很快就过去了。她知道生活就是这样，大体是愉快的，暗处隐约的疼痛，忍一忍总会过去。

因为牙疼，他没有吃晚饭。她清空了茶几上剩余的零食。

大约是药劲儿发作，天还昏黄着，玫瑰红的晚霞还在对面高楼的玻璃幕墙上撒欢儿，他就睡着了。熟睡中嘴里还不忘使劲——他在使劲咬毛巾。她知道这是忍受者的睡姿。他侧脸趴在枕头上，拳头在脑袋两边握得紧紧的，鬓边有一根粗壮的白发。他二十八岁，不过继承了他父亲的白发基因，时不时会冒出一根白发。他不在意，因为他靠的是才华，又不是帅气——在她咔嚓着小剪刀，预备为他清理白发的时候，他会拧着脖子，这样气鼓鼓地宣布。但有一次，她听见他跟一个朋友讲电话，才明白他只是想让自己显得老成一些。他说这些话时，她几乎都觉得悲壮了。“在我们那样的单位，才华没用，漂亮有一点儿用，但极少，最有用的还是资历，说到底不过是年头，熬年头，有多少人羡慕我们这工作，就有多少人在混日子。”她惊讶于同样的话他从未对她说过，更惊讶于自己竟然要在无意中听他讲电话才知道他对工作原来是这样理解的——原来他懊恼于自己的青春年纪，他倾羡资历、经验以及由此附加而来的一切东西。而她比他还要年轻，她同样未曾体会过资历这东西是何滋味。她幻想过十年后，他们会是什么样子，过着怎样的生活，也许变化颇大，也许还是这样——她实在想象不出。

但只要再一想他工作的环境，她立即就体谅他了。那个研究所位于城市中心，有底色古旧的门牌，上面的黄铜刻字正是被岁月磨出了光亮，研究所的整栋建筑甚至是“文物保护单位”。于是那里每样东西、每个人，都因为漫长的时光而增色。他在其中度过的三年时光，显然还不够漫长，至少还不足以打磨出他的光彩。他盼望悠长的岁月来助自己一臂之力。他相信青春年纪是幼稚、缺乏历练的象征，也是他尽早成功的障碍。他的成功是一个很具体的东西，他们谈论过——评上教授职称，有自己的房子、车子，以及三口或四口的家庭——他笃信他追求的并不是很过分的东西，因为他的部门领导，就拥有这一切，虽然领导已然年过半百。

此后她也没再询问他。她乖巧懂事，从不多嘴多问。只是此后，她再也不提为他剪掉那些显眼的白发。

一定是这个周末特殊的气氛作祟，或者是关于白发的思绪鼓动，她伏下身，在他脸颊上轻轻吻了一下。

他身子抽动了一下，眯缝着眼睛说："你弄疼我了。"

"对不起。你醒了？"

他没有回答，但眼睛睁开了，看着一个空洞的地方，呢喃着："那些荔枝……"又停住了。

"荔枝怎么了？"她随着他的视线看过去，看见一团黑白相间的猫毛，在空调出风口上上下下浮动，怎么也落不了地。

"我是不能吃了，你也不能吃太多，但还有那么多荔枝呢，怎么办呀？又不能送人，都已经拆箱了。"考虑到两颗疼痛的智齿，他已然是长篇大论了。

"拆箱了也可以送人吧？"她说。

"总是不好……有点儿可惜……毕竟，是好东西。"

“等你牙不疼了再吃，我们慢慢……”她说。

他打断她：“荔枝能放几天啊！”

她沉思了一阵，尽管她不觉得这是个难题——荔枝放不了几天，否则杨贵妃也不至于需要快马加鞭的荔枝骑士了——但太快作答则未免显得漫不经心。

见她不答，他显得沮丧：“又要放坏了，跟上次的鱼一样，不，比鱼还糟糕。”

“那是不太好。”她实在不愿意提到那些干黄鱼，于是她感到自己对此负有责任，务必不能让荔枝如干黄鱼一样，成为他们自责的理由。“要不还是送人吧。”说完，她突然想起来什么。

是的，可以泡酒。

她这样告诉他，泡荔枝酒。

在她为他寻觅网络段子的时候，看见了泡荔枝酒的文章。这是荔枝的季节，“珠圆玉润”“唇红齿白”“国色天香”之类的词汇，被公众号写手们恣意挥霍，竟用来形容一种水果。于是她看见了“荔枝易让人上火”，也看见了“荔枝可用来泡酒”。

他明显来了精神，至少不再盯着那团悬浮的猫毛暗自苦恼了。他赞美她的提议，认为他们应当立即行动。

“可能还不行。”她翻找那篇讲荔枝酒的文章，想确认更多细节。她不愿像干黄鱼一样，让荔枝酒也因为细节疏忽而成为另一次失败的尝试。

她找到了，指点给他看。

“玻璃密封罐。”两人几乎同时发现，这项计划中，原来果真有一件不可或缺的东西。“绝对隔绝空气、避免荔枝腐烂的密封罐，这是确保荔枝酒泡制成功的关键。”

不算难解决的问题。他们可以穿上适宜周末的宽松衣服，慢悠悠地出趟门，去超市买一个——号称应有尽有的超市总会有一个属于他们的密封罐。

在这城市的远郊地带，大型超市离他们的出租房有两站地距离。去的时候坐公交车，还算方便，回来的时候要绕行半站地，再迈上一座巨大的过街天桥，以便去马路对面等车，如此当然还是有些不便。因此他们平日总是等到需要采购足够多的东西时，才兴师动众去一趟超市——多数时候她的选择是坐公交车去，打车回来。因为小票上的消费金额不算少，打车费便显得不足挂齿，会有赚回了车费的感觉。

但如果只需要买一个密封罐呢？那要不就向那座庞然大物的过街天桥屈服，要不就向一笔不菲的打车费屈服——这道选择题对两人而言，似乎都是需要下一番决心才能做出来的。

他们不需要开口，也心知肚明对方正在盘算同一道选择题。以往每当这种时候，她总是那位相对果断大气的答题者。她只要稍微撒撒娇，表露出“我们不至于为几十元打车费担忧”的样子，这道难题便会迎刃而解。

然而此时，她迟疑了，因为瞥见他又把毛巾塞进嘴里了。他正承受的疼痛，令她不忍心撒一个惯常的娇。他不适合外出，她想，并让自己相信这完全是为他考虑。他目前的状况，多么令人心疼啊。

不过，他们很快便能用通常的方式解决眼前的购物需求，两人的硕士学历似乎在一同证明，他们应该属于这座城市里生存能力较强的那部分人群——外卖软件便是专为他们这样的年轻人问世的。

他不等她暗自做出是否撒娇的决定，便已经在外卖软件上搜索出售卖密封罐的商家了——是临近的便利店，仅此一种密封罐，日本进口。这家连锁便利店出售的大部分货物，都来自日本进口——从商品图片看起来，相当合适。

她舒心地再一次亲吻他，因为他的周到，使他们免于往返超市的奔波。

他意外地从嘴里掏出了毛巾，给予她同样热情的一个吻。

此时她认为自己反倒应该撒娇了，因为她贡献出了多么睿智的决定，但他比她更早道出这一点。

“最合适泡酒的水果，一是荔枝，二是青梅，我怎么没早一点儿想到呢？”他说，语气显得欢快些了，“古人就是这样做的。”他接着，甚至，从青梅讲到了李清照、曹操与竹林七贤。而她是第一次知道，原来他对嵇康、阮籍，评价颇高。“魏晋时的酒，怕都是水果酒呢。”他说着，把床上的毛巾被挥起来，为让自己躺得更舒服一些。她笑个不停，因为她仿佛以为，他在模仿那些饮酒作诗、满脑子恣意奔驰着不羁念头的古人。他从嵇康又说到时间——嵇康的寿命放在如今可是短寿，不到四十岁，不过不妨碍他在人们心中永远的少年模样，所以，时间啊——他略显沧桑地感慨道：“时间到底是个什么东西呢？”

她停下，不笑了：“时间真是很重要的东西。”

她又想起什么，于是告诉他：“荔枝酒要密封半年才能饮用的。”

他愣住片刻，刚刚才意识到这一切的根源原来是荔枝酒。他不好意思地微扬嘴角，却说：“便利店的密封罐要五十块，算上运费。”

她啊了一声，因为五十块于她，是值得啊一声的。不，三十块的奶茶，就值得啊一声了。

不过她还在想着嵇康，这一声便有些心不在焉。那个永远把生命停留在青春时代的文人——嵇康，他喝的水果酒，应该不是荔枝泡制的，那时候岭南的荔枝多么珍贵啊。

“要不是急用，肯定有更便宜的。”他说，“外卖平台总是唬人，趁着我们急用，挣我们这么多钱。”

“当然。”她这么说，是因为她自觉有义务为他们的生活节省开支，虽然她相信是外卖平台在确保他们每个周末都不至于饿肚子，但她会在配送费更低的商家中挑挑拣拣。

“我再看看。”于是他扭过头去，拨弄手机。她兀自发着呆，片刻，她明白他是在其他电商平台上寻觅更便宜的密封罐。她下意识也解锁了自己的手机，仿佛要帮忙似的。屏幕亮起的瞬间，却又忘了要查看什么，于是又锁上了。

这时间，他已经寻到了更便宜的密封罐——著名电商平台上不到十元就能买一个，十五元就买一送一。只是，送货时间至少需要三天——不知道荔枝能不能等那么久。杨贵妃等荔枝也等不了三天，荔枝是一种不会等待的水果。

他叹口气，忍痛将这些发现告诉她，补充说“其实还可以再买一个”，因为可以均摊一下成本。

均摊成本的说法，她不是太理解。不过她相信他说的是正确的。毕竟一个密封罐还不能装下剩余的荔枝——这显而易见的一点，便足以支持他均摊成本的做法了。

这次是他自己犹豫了。他又咬上了毛巾，嘴里鼓鼓囊囊地说道："要等外卖员送来便利店的密封罐，看看质量如何，然后才能决定。"尽管她认为那不会有什么质量问题，但她仍然欣赏他在这种事情上的慎重。让电商平台白白挣去十块钱，确实不合算。

他告诉她，电商平台的价格虽然会便宜不少，而且也跟便利店的密封罐是同一品牌，但眼见为实，最好还是先看看那密封罐是否真的好用。

她把猫的脑袋捏作一团，看摩根在自己手心挣扎的模样。

这个周日的夜晚同样愉快。他负责剥荔枝，她负责把荔枝果肉放进密封罐——一如他们习以为常的生活，他面对那更坚硬的部分，她陪着他，应对不算坚硬的环节，但这种陪伴的姿态很重要，甚至比她实际做出的贡献更重要。

她觉得自己十个指头都甜滋滋的，忍不住总要吮吸一口。而他的两只手呢，她只瞥见他指头上黝黑的荔枝壳的残渣。她认定那残渣也是甜蜜的。他的智齿，此时知趣地退让了，没再急于凸显自己的存在，至少她没再于他的腮帮子上识别出它们有兴风作浪的意图，而他气定神闲剥荔枝的样子，也的确不像在被智齿困扰。他甚至打开了蓝牙小音响，播放宫崎骏的电影原声——他们都知道，这音乐对彼此意味着初识。他们在放映《悬崖上的金鱼公主》的电影院里第一次牵手。

由外卖员送来的便利店的密封罐已经装满了，而他的指甲缝里也装满荔枝壳的碎屑，她的指甲缝里则是荔枝果肉挤压出的糖水——然而荔枝还剩下许多。她把剩余的荔枝往玻璃盘的中心拢，像高尔夫球手赛后漫不经心地往口袋里捡球。她的目光还停留在玻璃密封罐上。瓶口内侧有柔软的橡胶，外侧有弯曲的铁丝，它们将共同确保罐中甜蜜的液体与空气彻底隔绝——发酵或渗透。她并不知道科学的说法是什么，但无关紧要——某种作用会随时间流逝而产生，就像时光在她或他身上留下的微不足道却不容忽视的印迹一样。

“嘿，也许是到圣诞节的时候开封最合适吧，按网上说的泡制半年的话。”他说道。

“真的吗？那我们约好，圣诞节那天开封好不好？”她凝视着玻璃罐中晶莹剔透的果肉，那仿佛她在电影中见过的水晶球——水晶球内总是圣诞景象。如果摇晃它，水晶球里会飞飞扬扬地飘起雪花，落在红屋顶的小房子、绿茵茵的草地与停滞不动的小汽车上面。

“当然好啊。”他捂着腮帮子，是沉思的模样。泡荔枝用的酒，是他在橱柜里翻找出的剩余的白酒——据说是品牌相当好的白酒，于是某次宴会后，他就将剩下的半瓶酒拿回家了。只是他和她都不会毫无缘由地让一滴白酒沾染唇边——除非迫不得已的应酬需要，不然哪个年轻人会逼着自己喝白酒呢？于是半瓶相当好的白酒就一直安然待在橱柜里，随即又有了另一个半瓶，再一个半瓶——看这些酒瓶才知道，研究所还会有那么多需要他应付的应酬场合。这是他来此地工作之前没有想到的，也是她没有想到的。不过他愿意在酒局的最后，在把各位年事已高的教授、副教授、主任、副主任们送回各自家中之后，一手拎起剩余的半瓶白酒，另一手跌跌撞撞地挥手，拦截下一辆在深夜街头傲慢地呼啸的出租车，回到自己的出租房。背包里的半瓶白酒——他在途中会默默计算它的价值，500ml 是 1499 元，剩余约 200ml，相当于约 600 元。一晚上逢迎赔笑、豁出肝脏脾脏胃脏也许还有肾脏，这 600 元是否值当呢？这样的问题让他觉出自己小气，甚至是略带猥琐的小气，但他无法停止这类思量。或许比起逞强喝下的那盅白酒，为此赔上的时间才是更值得疼惜的。他是为研究电子来的，为什么要把整晚时间用来凝视宴会餐桌上的丸子呢？

这些思量最终都被他归结于书生意气，是不切实际的骄傲，是应该想想就忘掉、不必当真的任性。不过，他依然会在宴饮之后把剩下的白酒拿回来，仿佛拿回自己如菜肴般供众人享用后还侥幸残余的半分尊严一般。

好在荔枝能让这些半瓶的白酒派上用场——无论白酒还是荔枝，他本都不愿意瞧见它们。白酒瓶——在橱柜最高一层总是趾高气扬的模样，但其实每瓶都只剩下一点点，是拿不出手的残余品。而每一瓶都让他想起，那曾是怎样一个夜晚：觥筹交错的包间，不动声色地上菜的服务员，夸下海口的口腔，喷出昂贵的香烟燃烧出的烟雾的鼻孔……同属于他不忍回顾的那部分。

他相信，酒是好东西，但那是另一种好，是嵇康和阮籍的好，是曲水流觞和兰亭雅集的好，是葡萄美酒夜光杯和与尔同销万古愁的好，是沉醉不知归路和酒逢知己千杯少的好……这些好，与橱柜上那些不忍心丢弃的白酒的好，都没有一点儿关系。

他没忘记在把荔枝装进密封罐之前检测其密封性。这个玻璃罐在装满水之后，被倒置、摇晃，无论如何，也没有半滴水渗透。他透过倒置的玻璃罐看她的脸。经过玻璃凸面的折射，细瘦的脸变得圆鼓鼓的，仿佛卡通片里某个角色。玻璃罐拿开，她恢复原状，于是他再把玻璃罐举在眼前。这幼稚的游戏让他暂时忘记了疼痛的牙齿，也许吃下的清热去火的胶囊也对此起到一定作用。

他自顾自的笑声惹得她莫名其妙起来：“玻璃罐不漏水，就让你这么开心啊？”

他先摇头，随后又点头。因为他决定不告诉她，玻璃罐后面那个她有多可爱，有多像他想要的那个虚拟的吉祥物。

泡上白酒的整罐荔枝被放进橱柜，无须冷藏。她踮着脚凑上去闻，依稀能闻到酒香。他一本正经地表示，这不可能，罐子密封性能良好，而他还打算再买两个——鉴于他们还有不少荔枝，也还有不少白酒，就算是为物尽其用考虑，他们也还需要密封罐，至少两个。而她闻见的酒香，他确信来自她自己手上刚刚沾上的白酒。

无论是否真的闻到酒的味道，这个夜晚都充满希望和畅想，或者沉醉的味道，尽管两人均滴酒未沾，但整个夜晚，他们似乎已经在迷蒙中身处醉后的空间。这个空间轻飘飘的，仿佛树叶在微风中有节奏地晃动，久不沉降。这个空间比他们身处的现实空间，比出租房中直接放在地板上的床垫，比房东的样式古旧的家具，都要高一点儿。这高的一点儿又不是太多，约莫一厘米吧，她想。只要稍微伸伸脚趾，脚尖便又落在现实的地板上。这一点儿确信，让他们在狂喜中又觉得踏实，不至于有两脚踏空的恐惧。狂放不羁的竹林七贤们，莫不也是时时存在于这一厘米之上，吟咏着他们永恒青春的歌谣？

他和她都不会也不愿，下降这一厘米，因为平日里，想要上升到这一厘米之上，是多么困难啊！然而那短暂地企及到的高出一厘米的地方，仿佛是梦中的花园，连其中弥漫的空气都不一样了，带着温热的、甜腻的、宜人的气息，久久萦怀，直到他们支撑不住，在困倦中终于落下凡尘。

她相信这个夜晚的幸福是有所期待的幸福，因为有了半年之后的圣诞节的“荔枝酒之约”——正当启封的酒，一定也会预示着他们的生活进入一个新的阶段，而那时的一切都会是恰逢其时的。他相信，这个夜晚的幸福是时间猝不及防带来的幸福，在这甜蜜又疼痛的漫长的一天中，他饱尝了足够多的滋味。他在深夜的拥抱中重新做回二十八岁的年轻人，而明天开始，星期一，直到星期五，他都会是研究所里那位尽管被称为小张却已然沧桑的老者，哪怕所有人都心知肚明——他始终在对抗自己的年岁，孜孜不倦地故作老成。

三天之后，买一送一的密封罐送到。这三天里，他时常担心冰箱中剩余的荔枝的生命力。在会议中，他下意识地在笔记本上勾画出荔枝的图形。被邻座的同事发现后，他急忙翻过一页。这幼稚的涂鸦实在不符合他希望自己留给同事们的印象，是他仍不够成熟的证据。而更让他觉得不快的，是自制力不足引发的沮丧——他始终无法让自己不去惦记那些被耽搁着不能保鲜亦不能装入密封罐的荔枝。当然，他可以查看快递信息，而这对他确实有所帮助。不过那条弯曲的示意包裹轨迹的曲线在某个中转站迟迟未见移动的时候，沮丧感便卷土重来。

这些琐碎的操心累积成一股新的烦躁的情绪，并着力攻击他的智齿。中成药的作用并非立竿见影，而是非常克制、非常缓慢的。尽管这几天来，智齿的疼痛已不如发作那天猛烈，但依然干扰他的注意力，加重他的恍惚与懊恼。

两个新的密封罐，与之前那个看起来没什么不同，包装是一样的，大小是一样的。他把三个密封罐放成一排，也没有发现任何差别。这让他难免迁怒于外卖平台的高价和自己的一时性急。直到她回家之后捏着鼻子，向他埋怨新买的密封罐有刺鼻的橡胶味道。他也抽搐了几下鼻子，似乎也有闻到若有似无的怪味，但他也不确定。他怀疑是那些清热去火的药物影响了嗅觉。但同时他又仿佛松了一口气，因为终于可以认定果然便宜的东西没好货。而这样一来，那个花高价买来的密封罐，便不至于让人那么沮丧了。

她又凑在那个高价的密封罐上嗅了嗅，什么也没有闻到，连当时漫漶的酒香此时也消散无影了。这让她无比自信地指认着两个新的密封罐，上面的商标还未揭下："一定是这两个，用了劣质材料。"

他们暂时把三个密封罐遗忘在厨房，就像当初他们共同遗忘了干黄鱼一样。他专注在手机的小小光亮里。她凑过去，也想看他的手机，他一点儿没躲闪，她看见屏幕上"知乎"的页面，搜索栏里的一行字是：应该把智齿拔掉吗？

"还是牙疼？"

他模棱两可地支吾了一声。她在他身边坐下，跟猫一样，将脑袋挤在他的肚子上。

"我应该用开水烫一下。"他抚摸她的头发。

"烫牙齿？"她一下坐起来，扯断了两根头发，她摩挲着头皮。

"不是，"他像青蛙似的鼓动始终不能安分的两腮，说道，"不是牙齿，是密封罐。"

"开水消毒？"

"嗯，网上说可以去除橡胶的味道。"

他烧开水的时候，烫着了两根手指，他捏着的却是耳朵，他在厨房单脚跳——他烫手的时候总是这样跳。他单脚跳的时候踩到猫尾巴，暴躁的摩根用爪子在主人的光脚背上实施了报复。他踢开猫，把两个密封罐放进厨房水池。他往水池里浇开水，被泼溅出来的水烫到手臂。他缩回手臂，但仍强忍疼痛将水壶放回炉灶。这一刹那，玻璃炸裂的清脆声响在水池底部响起，随之，是玻璃与水池的金属池底碰撞的声音。玻璃罐似乎因为自身炸裂产生的力量在池底轻微而持续地弹跳——所有声响都不大，却足以惊到两个人与一只猫。

玻璃罐上多了两道笔直的裂纹，但橡胶的气味似乎真的没有了。只是对于一个密封罐来说，裂纹比任何异味都更值得担忧。不，裂纹是毁灭性的，而异味，只能算可以忍受的小缺陷。

她从垃圾桶里翻检出玻璃罐的包装纸，“请勿接触高温”的提示用细小的字体印在角落。她把包装纸上的三行小字逐一念出来，但不清楚他是否在听。他沉默了一会儿，像是在等她念完。然后他把水池里的玻璃罐掏出来——还是很烫，他强忍着，没有捏耳朵——以最快的速度投进垃圾桶。

她仍蹲在厨房垃圾桶旁，正扫视手里捏着的那张包装纸。玻璃罐落入桶内那砰的一声对她造成的惊吓，远甚于它刚刚突然碎裂时发出的声响。

她跳起来，惊魂未定地嚷着："干吗？"

几乎同时，第二个没有裂纹的玻璃罐慷慨地投身垃圾桶，同样发出砰的一声。

他立即向她道歉了，甚至走过来拥抱她，呢喃着他只是有点儿走神，没有注意到她在那儿，而他刚刚差点儿砸到她。

她已迅速从惊吓中平复，倒觉得他的道歉和安慰都显得夸张了——他这样会造成整件事过分严重的错觉，让气氛都变得凝重。

于是她推开他，说自己没事，只是吓了一跳，大概反应过度。她这才发现他满脸都显出委屈，抽搐的嘴唇似乎想说什么，却什么也没说。她恍然大悟反应过度的人原来是他。他们就这样在对彼此的错愕与不解中凝视了几秒，直到他突然表示，他得出去一趟，立即。

"做什么去？"

"再买一个密封罐。"

她还想再说点儿什么，一时还未出口，他已径直走出家门。她被关在门后，这样的局势使她想起，他是穿着拖鞋和短裤出门的，以及一件因为变形便只在家中才穿的 T 恤衫，就这样，他出门去了，迫不及待，买密封罐去了。她听到内心隐隐不像是自己的声音在埋怨，埋怨他把这件事看得过于重要了，以至于忽略掉了她的态度——她根本不在意碎裂的密封罐。他们在同居这些年里打碎的盘子杯子，本就不计其数。她告诉自己务必要忽略内心那个埋怨的声音，她告诉自己他绝不是冲动用事，也绝不是一时意气，她告诉自己他爱她，他绝不会忽略她丝毫的感受。而她的埋怨，本都应该冲着那两个劣质密封罐。

于是她打扫了水池，留心不要有玻璃碴留在里面。随后她扔掉垃圾。不管怎样，她已尽了所能。

她刚刚做完这些事，他回来了，带回三个密封罐。

“早就应该去超市的。”他十分惊喜。她觉得他并没有注意到她的家务劳动。

他告诉她，有时候就不能偷懒。早知如此，三天前就应该去超市，直接解决所有问题。他继而描述超市，有一整排货架，上面密密麻麻全是玻璃罐，就像实验室里清洗干净的烧杯，让人神清气爽，格外舒畅。

她能想象，她还能想象出他急匆匆走进超市，身后是郊区荒凉的天色，货车永远在飞驰中尖利地鸣笛，她还能想象出他在一整排货架上挑选、忖度每一个晶莹的罐子的价格与质量。她已经忘记他刚刚还处于即将发展为愠怒的沮丧中。他成功的超市之行奇异地令他迅速恢复了自信，虽然最终收获只是买到几个玻璃罐。但她知道，生活中微小的挫折，在某些时刻，也具有相当大的破坏力。她释然了。

他清洗三个大小不一、品牌不一的玻璃罐。她没有帮忙，只是站在旁边看了一会儿，欣赏他清洗烧杯的手，而这双手现在洗着这些玻璃罐，未免大材小用。当时他正举起一个玻璃罐，对她说："一点儿橡胶味都没有。"

她点头应允，又问："你怎么去超市的？"

"打车去的，打车回来的，"他没有抬头，专注在水龙头细小的水流里，"我太着急了，太着急解决这个问题了。"

然而三个玻璃罐都不能完全密封。他确认数次后，来到卧室，面带一种复杂的神色，小声告诉她："全漏水，没一个密封。"

她不明白，她以为与玻璃罐有关的所有事情，都已经过去了。

他没有留心商品的标签，他承认他很大一部分注意力都在标签上的价格上——一个十五元，一个二十元，还有一个二十九块九。他想当然地以为整排货架上全是密封罐，丝毫想不到他买走的三个全是储物罐。而它们又跟密封罐看起来一模一样，是真的一模一样。

她不认为他需要为储物罐解释什么，他最不需要的就是自责。他在努力消除困扰、解决问题，这不正昭示了他性格中积极的一面吗？难道还不够吗？

她没有把这些话说出口，因为他的样子让她觉得陌生，是那种令她略感惊恐的陌生，直到他持续的道歉终于令她不耐烦。她打断他的倾诉——他最终把对这次独自购物之旅的描述变成了倾诉——“那也没什么呀，我们就拿它们装东西好了，我们正好有一袋绿豆……”

“可是，”他像不认识似的瞪着她，眼镜片后面的睫毛都在颤动，“那荔枝怎么办？”

“什么怎么办？”她感到自己的耐心正在耗尽。

“荔枝啊！”他提高音量提醒她这一切的源头。

他从未这么冲她吼过，这次是她愣住了。她明明在安慰他，但他如此不领情。玻璃罐到底是不是密封，她一点儿也不关心。反正对她来说，荔枝酒已经泡成了，她甚至仿佛已经在那个夜晚品尝过了。那种甜蜜与轻狂的滋味，怕是远远超过荔枝酒所能带给他们的。

“天哪，我不明白，你为什么老想着荔枝？”

“我为什么老想着荔枝？”他自问自答起来，“因为我不想浪费。”

“就是放坏掉，又会怎么样呢？”

“你不希望它们白白放坏掉，我也不希望。”

他说这句话的样子比这句话的含义更令她心疼。

“哦，亲爱的……”她想告诉他，她更不希望的，是他为此烦恼，不过又觉得正在气头上，于是冥冥中认定眼前的他尚且不值得她说一句甜蜜的话，“不至于……”

“我不是，”他似乎听见了她没说出口的那些话，“我不是……我也不想……”他结巴起来，“这真的让我很烦……”

“那就再买一个，跟第一次那个一样的，那个很好，我来下单……”她四顾着寻找手机。

他抢先说：“不用。”

她先是疑惑，继而用眼神鼓励他，于是他接着说：“我们又不是什么有钱人。”

她想：自己此刻的沉默，无疑会被他理解为认同。于是她沉默了自认为足够长的一段时间，但这期间她也没忘在心里打磨言辞。比如：我们确实算不上有钱人，但我们也不是一贫如洗，我们都在努力工作，而你的工作尤其令人敬佩，我当然也不算太差，虽然我们未来十年，不，或者二十年，都需要租房，但我们从不忘规划生活、合理积蓄。我们自己难道不比易腐的荔枝重要吗？哦，荔枝算什么东西，美味还是甜蜜？都算不上，不过是华而不实的奢靡，是以自身的脆弱和短暂的赏味期来控制我们的敌人，我们不需要迁就它。我们已经拿它泡了一罐很好的酒，因为这罐酒，我甚至才第一次听你说起嵇康，我也很欣赏这个人，因为我去搜索了他的生平……

她差一点儿就想说嵇康了，但他再一次抢先开口，把她那些打磨好的话永远埋葬在她心里。“我还要告诉你一件事，就是荔枝并不是合作方给我的，是合作方给的，但都是给领导的，不是给我的。荔枝、豆干、红茶，所有东西，包括你讨厌的干黄鱼，都是给领导的。领导分给大家，我也有份儿。但我觉得应该是我的，所有事情都是我做的，是我完成的。哦，还有那些酒，也不是我的……我希望那是我们的，我希望所有这些都是我们的，也应该是我们的……但是还不到时候，我们还不到时候……为什么不是我们的呢？……”

“没关系，真的没关系。”她说。

“不，我不是这个意思。我觉得我应该得到这些，我配得上，你也配得上。我做了所有的事，我应该得到更好的。但是，我的意思是，我二十八岁了，我读完了所有的书，我做了所有我能做的事情，我二十八岁了，但我还是舍不得几颗荔枝，只是几颗荔枝，别人不要的荔枝，我也舍不得买几个玻璃罐花掉的钱……”他说不下去了。

“亲爱的，那没多少钱……”

他诡异地冲她笑着，慢吞吞地说：“差不多三百块吧，加上打车费……”

她还想接着劝慰他，不过他起身走开了。

她有些疲倦，转头看见卧室的窗外。晚上八点，天色竟然还是灰白的。城市的霓虹不知天光，亮得太早了些，映得那些身处霓虹之下的、路面上汽车的尾灯，是一片暧昧又欣欣向荣的红光。

她不由自主地想：夏天就快来了，一个有钱人争相讲排场、挥霍漫长天时的夏天就快来了。

他在沙发躺下，试图让自己尽早睡去。他没有咬毛巾，想让自己更清楚地感受那两颗疼痛的智齿，多么真实的牙齿啊！他想：他不后悔刚刚对她堪称赤裸的坦白。他对她感到愧疚，他知道她将如何体谅与宽慰他，然而他只感到愧疚。她值得比眼下好一百倍的生活，只要给他一百年的时间，可是他没有一百年的时间。她只知道他告诉她的嵇康，希望她永远不要知道，他喜欢嵇康，只是因为他写下那篇《与山巨源绝交书》。这个世界不公平，尤其对年轻人来说。嵇康的歌是《与山巨源绝交书》。而他与她的青春的歌，也许在那个泡制荔枝酒的夜晚，便唱到终了了。

这个季节的晨光，来得特别早。第二天早晨，确切地说，是四点半，天色便已经亮白了。她特意看了时间，因为她对他把她从熟睡中弄醒的行为十分介意。他用一根手指戳她的腰，她蒙眬着睡眼抱怨。他干脆搂住她的腰，贴在她耳旁，轻声说："嘿，宝贝，我想到一个办法，用保鲜膜，用保鲜膜让那三个玻璃罐密封……"

图书在版编目（CIP）数据

六号线 / 周李立著 . -- 石家庄 : 河北教育出版社，2022.10

（年轮典存丛书 / 邱华栋，杨晓升主编）

ISBN 978-7-5545-7193-4

I. ①六… II. ①周… III. ①中篇小说 - 小说集 - 中国 - 当代 ②短篇小说 - 小说集 - 中国 - 当代 IV. ① I247.7

中国版本图书馆 CIP 数据核字（2022）第 156152 号

年轮典存丛书

书　　名　六号线

LIU HAO XIAN

作　　者　周李立

出 版 人　董素山

总 策 划　金丽红　黎　波

责任编辑　付宏颖

特约编辑　张　维　武　斐

出　　版　河北出版传媒集团

河北教育出版社　http://www.hbep.com

（石家庄市联盟路 705 号，050061）

印　　制　天津盛辉印刷有限公司

开　　本　787 mm × 1092 mm　1/32

印　　张　7.25

字　　数　139 千字

版　　次　2022 年 10 月第 1 版

印　　次　2022 年 10 月第 1 次印刷

书　　号　ISBN 978-7-5545-7193-4

定　　价　48.00 元
